AF197979

Tucholsky   Wagner   Zola   Scott   Sydow   Freud   Schlegel
   Turgenev   Wallace   Fonatne
   Twain   Walther von der Vogelweide   Fouqué   Friedrich II. von Preußen
   Weber   Freiligrath   Frey
Fechner   Fichte   Weiße Rose   von Fallersleben   Kant   Ernst   Richthofen   Frommel
   Engels   Fielding   Hölderlin
   Fehrs   Faber   Flaubert   Eichendorff   Tacitus   Dumas
   Maximilian I. von Habsburg   Fock   Eliasberg   Zweig   Ebner Eschenbach
Feuerbach   Ewald   Eliot   Vergil
   Goethe   Elisabeth von Österreich   London
Mendelssohn   Balzac   Shakespeare
   Lichtenberg   Rathenau   Dostojewski   Ganghofer
   Trackl   Stevenson   Hambruch   Doyle   Gjellerup
Mommsen   Thoma   Tolstoi   Lenz   Hanrieder   Droste-Hülshoff
Dach   Verne   von Arnim   Hägele   Hauff   Humboldt
   Reuter   Rousseau   Hagen   Hauptmann   Gautier
Karrillon   Garschin   Defoe   Hebbel   Baudelaire
   Damaschke   Descartes   Hegel   Kussmaul   Herder
Wolfram von Eschenbach   Dickens   Schopenhauer   Rilke   George
   Bronner   Darwin   Melville   Grimm   Jerome   Bebel   Proust
   Campe   Horváth   Aristoteles
Bismarck   Vigny   Gengenbach   Barlach   Voltaire   Federer   Herodot
   Heine
Storm   Casanova   Tersteegen   Gilm   Grillparzer   Georgy
   Chamberlain   Lessing   Langbein   Gryphius
Brentano   Lafontaine
Strachwitz   Claudius   Schiller   Kralik   Iffland   Sokrates
   Katharina II. von Rußland   Bellamy   Schilling   Raabe   Gibbon   Tschechow
   Gerstäcker
Löns   Hesse   Hoffmann   Gogol   Wilde   Gleim   Vulpius
   Luther   Heym   Hofmannsthal   Klee   Hölty   Morgenstern   Goedicke
   Roth   Heyse   Klopstock   Kleist
Luxemburg   Puschkin   Homer   Mörike   Musil
   La Roche   Horaz
Machiavelli   Kierkegaard   Kraft   Kraus
Navarra   Aurel   Musset   Lamprecht   Kind   Kirchhoff   Hugo   Moltke
Nestroy   Marie de France   Laotse   Ipsen   Liebknecht
Nietzsche   Nansen   Ringelnatz
   Marx   Lassalle   Gorki   Klett   Leibniz
von Ossietzky   May   vom Stein   Lawrence   Irving
Petalozzi   Knigge
   Platon   Pückler   Michelangelo   Kock   Kafka
Sachs   Poe   Liebermann   Korolenko
   de Sade   Praetorius   Mistral   Zetkin

Der Verlag tredition aus Hamburg veröffentlicht in der Reihe **TREDITION CLASSICS** Werke aus mehr als zwei Jahrtausenden. Diese waren zu einem Großteil vergriffen oder nur noch antiquarisch erhältlich.

Symbolfigur für **TREDITION CLASSICS** ist Johannes Gutenberg (1400 — 1468), der Erfinder des Buchdrucks mit Metalllettern und der Druckerpresse.

Mit der Buchreihe **TREDITION CLASSICS** verfolgt tredition das Ziel, tausende Klassiker der Weltliteratur verschiedener Sprachen wieder als gedruckte Bücher aufzulegen – und das weltweit!

Die Buchreihe dient zur Bewahrung der Literatur und Förderung der Kultur. Sie trägt so dazu bei, dass viele tausend Werke nicht in Vergessenheit geraten.

Mithridat

Jean Racine

Impressum

Autor: Jean Racine
Übersetzung: Adolf Laun
Umschlagkonzept: toepferschumann, Berlin

Verlag: tredition GmbH, Hamburg
ISBN: 978-3-8495-3176-8
Printed in Germany

Text der Originalausgabe

Jean Racine
Mithridat.
(1673)
Aus dem Französischen von
Adolf Laun

Leipzig
Verlag des Bibliographischen Instituts.
(ca. 1890)

Personen

Mithridat, König von Pontus und mehreren andern Staaten
Monimia, mit Mithridat verlobt und schon zur Königin erklärt.
Söhne Mithridats von verschiedenen Müttern:
Pharnazes.
Xiphares.
Arbates, Mithridats Vertrauter, Befehlshaber von Nymphäum.
Phödime, Monimias Vertraute.
Arcas, Mithridats Diener.
Wachen. Frauen der Monimia.

Der Schauplatz ist Nymphäum, ein Hafen am kimmerischen Bosporus im taurischen Chersones.

Erster Aufzug.

Erster Auftritt.

Xiphares und Arbates.

Xiphares. Die Kunde, die uns ward, ist wahr, Arbates:
Rom triumphirt, und Mithridat ist todt.
Des Vaters viel erprobte Vorsicht täuschend,
Griff ihn der Römer Heer bei nächt'ger Zeit
Am Euphrat an. Sein Volk zerstreute sich
Nach langem Kampf und ließ ihn unter Haufen
Gefallener zurück. Ein Krieger, sagt man,
Gab in Pompejus' Hand sein Diadem
Zugleich mit seinem Schwert. So stirbt ein König,
Der vierzig Jahre lang allein die größten
Der Feldherrn Roms ermüdete, und der,
Im Orient des Glückes Schalen wieder
Ins Gleiche bringend, aller Könige
Gemeine Sache führt' und alle rächte.
Er stirbt und hinterläßt, um ihn zu rächen,
Zwei Söhne, die zum Unglück uneins sind.

Arbates. Wie, macht der Wunsch, an seiner Statt zu herrschen,
Dich deinem eignen Bruder schon zum Feinde?

Xiphares. Ach nein, um solchen Preis verlangt mich's nicht
Nach dieses unglücksel'gen Reiches Trümmern;
Ich weiß, welch Vorrecht ihm das Alter giebt,
Und mit den Landen mich begnügend, die
Mein Antheil sind, werd' ich in seine Hand
Das gerne fallen sehn, was ihm die Freundschaft
Der Römer, wie er hofft, verschaffen wird.

Arbates. Der Römer? Er, der Sohn des Mithridat?
O sage, Herr, ist's wahr?

Xiphares.   Kein Zweifel, Freund!
Pharnazes, lange schon im Herzen Römer,
Erwartet Alles jetzt von Rom, vom Sieger,
Und ich, dem Vater treuer jetzt, denn je,
Fühl' ew'gen Haß im Herzen gegen Rom;

Jedoch mein Haß und sein Begehr sind nur
Ein Theil von dem, was unsern Zwiespalt macht.

Arbates. Was ist's noch sonst, das gegen ihn dich reizt?

Xiphares. So hör' und staune denn. Monimia,
Die schöne Griechin, die des Vaters Herz
Gewann, und die Pharnazes jetzt zu lieben
Erklärt . . . .

Arbates.   Nun, Herr?

Xiphares.   Ich liebe sie und will
Es länger nicht verschweigen, da mein Bruder
Jetzt nur allein mein Nebenbuhler ist.
Wohl mag dir's unerwartet kommen, doch
Dies ist nicht ein Geheimniß wen'ger Tage,
Seit lang wuchs diese Liebe still empor.
O könnt' ich ihre ganze Macht dir zeigen,
Der ersten Sehnsucht Glut, die letzten Qualen!
Doch jetzt, in dieser schwer bedrängten Lage
Erlaß es mir, das Schicksal meiner Liebe
Dir zu erzählen; mög's, mich zu entschuld'gen,
Genug sein, wenn ich sag': Ich liebte sie
Zuerst und dachte schon an Hymens Band,
Bevor mein Vater ihren Namen kannte.
Er sah sie, aber statt ihr seine Hand,
Wie's ihrer Schönheit würdig, anzubieten,
Hofft' er, sie würde, nicht nach Höh'rem strebend,
Ihm einen würdelosen Sieg gewähren.
Du weißt es, wie er ihre Tugend in
Versuchung bracht' und müde, stets umsonst
Zu kämpfen, in der Ferne selbst noch glühend,
Durch deine Hand sein Diadem ihr bot.
Groß war mein Schmerz, als mir genaue Kunde
Von seiner Lieb' und seinen Plänen ward,
Und daß Monimia, für ihn bestimmt,
Durch dich nach diesem Ort geleitet worden.
Es war zu jener unglücksel'gen Zeit,
Wo meine Mutter dem, was Rom ihr bot,
Entgegen kam und ob betrog'ner Liebe
Nach Rache dürstend, oder buhlend um
Pompejus' Gunst, für mich Verrath am Vater
Beging und jenen Platz mit allen Schätzen,

Die man ihr anvertraut, auslieferte.
O, wie ergriff mich's, als ich solches hörte!
Mein Vater war nicht mehr mein Nebenbuhler,
Der feindlich meiner Liebe Bahn durchkreuzte,
Er war nur noch der Schwerbeleidigte.
Ich griff die Römer an, und meine Mutter
Sah voll Bestürzung, wie ich, jenen Platz
Zurückerobernd, mich dem Tode weihte,
Und sterbend jene Schuld zu tilgen suchte.
Befreit ward der Euxin und ist noch frei;
Von Pontus' Ufern bis zu den Gestaden
Des Bosporus ward meines Vaters Macht
Rings anerkannt, und die beglückten Schiffe
Sahn keine Feinde mehr als Wind und Welle.
Doch strebt' ich weiter noch, Arbat, ich wollte
Bis an den Euphrat ihm zu Hülfe eilen.
Da plötzlich traf mich seines Todes Kunde,
Und unter Thränen, ich verberg' es nicht,
Trat mir Monimia, die mein Vater dir
Zur Obhut gab, mit allem Reiz entgegen,
Und bange Sorg' ergriff mich um ihr Leben:
Ich dachte an des Königs Grausamkeit
Im Lieben. Dir ist ja bekannt, wie oft,
Von Eifersucht erfüllt, er die Geliebten
Ermorden ließ. Ich eilte nach Nymphäum
Und traf dort an des Walles Fuß Pharnazes,
Was, ich gesteh's, mir schlimme Ahnung weckte.
Du nahmst uns Beide auf und weißt nun Alles.
Pharnazes, immer wild in seinen Trieben,
Verhehlte nun nicht länger sein Begehr;
Er meldete der Königin des Vaters
Unglückliches Geschick und seinen Tod
Und bot sich ihr an seiner Stelle dar.
Wie er es sagt, so denkt er's auszuführen;
Doch ich auch bin gemeint, hervorzutreten.
Wie ich des Vaters Ansehn stets geehrt,
Dem ich seit meiner Kindheit huldigte,
So trotz' ich jetzt, im Innersten empört,
Dem Anspruch dieses neuen Nebenbuhlers.
Entweder weist Monimia, meiner Liebe
Entgegen, das Geständniß, das ich ihr
Zu machen denke, kalt und stolz zurück . . . .

Wo nicht, was auch für Unheil draus entstehe,
Durch meinen Tod allein wird sie ein Andrer
Gewinnen! Das ist Alles, was ich dir
Im Stillen zu vertrauen hatte. Nun
Entscheide, wer von Beiden deines Beistands
Dir würd'ger scheint, zu wem du treten willst:
Bin ich es oder ist's der Römerknecht?
Pharnazes meint vielleicht, mit ihrer Freundschaft
Sich brüstend, daß er hier als Herrscher walten
Und mir, als seinem Knecht, befehlen könne,
Doch ich erkenne seine Macht nicht an.
Ihm fiel der Pontus, mir fiel Kolchos zu,
Und Kolchos' Fürsten sahen, wie bekannt,
Den Bosporus stets an als ihr Gebiet.

Arbates. Befiehl, o Herr! Schon traf ich meine Wahl,
Und hab' ich Macht, so widm' ich sie der Pflicht.
Mit gleichem Eifer und mit gleichem Muth,
Wie ich dem Vater dient' und diesen Platz
Vertheidigt habe gegen deinen Bruder
Und selber gegen dich, werd' ich jetzt nach
Des Vaters Tod dich gegen Alle schützen;
Denn ohne dich, ich weiß es, war mein Fall
Gewiß, sobald Pharnazes hier einzog.
Er hätte diesen Wall mit meinem Blut
Befleckt, hätt' ich ihn gegen ihn vertheidigt.
Sei nur der Neigung und der Wahl Monimias
Erst sicher, dann, sofern mein Ansehn nicht
Ein bloßer Schatten, läßt Pharnazes dir
Den Bosporus und mag sich anderswo
Erfreun am guten Willen seiner Römer.

Xiphares. Wie werd' ich's deiner Liebe danken? Doch
Man kommt; geh', Freund, die Kön'gin ist's, sie selbst.

Zweiter Auftritt.

Monimia. Xiphares.

Monimia. Ich wende flehend mich an dich, o Herr:
Verlässest du mich, wer soll mich beschützen?
Nicht Freund, noch Eltern hab' ich; trostlos, furchtsam

Bin ich nur Königin dem Namen nach,
Doch in der Wirklichkeit Gefangene.
Ich heiße Wittwe und war niemals Gattin,
Doch dies, o Herr, ist noch die mildeste
Von meinen Qualen. Nur mit Bangen
Kann ich den Feind dir nennen, der mir droht;
Doch hoff' ich, nie wird ein so edles Herz
Die Thränen der Unglücklichen dem Band
Des Bluts, das euch vereint, zum Opfer bringen.
Du ahnst es schon, daß ich Pharnazes meine.
Er ist's, o Herr; mit frevelhaftem Sinn
Sucht er der Ehe Joch mir aufzudrängen,
Das schlimmer mir als selbst der Tod erscheint.
Ach, unter welchem Unglücksstern bin ich
Geboren! Für ein neigungsloses Bündniß
Bestimmt, genieß' ich, frei geworden, kaum
Der Ruh' und soll mich dem Verhaßten schon
Ergeben! Wohl müßt' ich in meinem Unglück
Bescheidner sein, bedenkend, daß ich hier
Mit seinem Bruder spreche; doch, ob's nun
Mit Recht, ob's Schicksal sei, ob's daher kommt,
Weil ich in blindem Haß ihn mit den Römern,
Um deren Gunst er buhlt, verwechsele,
Nie wurde unter schwärzeren Auspicien
Ein Ehebund gleich dem geschlossen, der
Mit Todesqualen mich bedroht. O Herr,
Wenn meine Thränen dich nicht rühren können,
Und wenn Verzweifelung allein mir bleibt,
Dann wirst du sehn, wie ich an dem Altar,
Der auf mich harrt, mir selbst zurückgegeben,
Das arme Herz durchbohren werde, das
Man zwingen will, und über das bis jetzt
Mir nie gestattet worden, zu verfügen.

Xiphares. Auf meinen Beistand, Fürstin, darfst du baun,
Du herrschest hier mit unbeschränkter Macht.
Pharnazes möge anderswo, wenn's ihm
Beliebt, sich furchtbar machen – – doch noch kennst du
Die ganze Größe deines Unglücks nicht.

Monimia. Welch neues Unheil kann mich noch bedrohn?

Xiphares. Ist, dich zu lieben, ein so groß Verbrechen,
Dann ist Pharnazes nicht allein der Schuld'ge,
Und ich bin strafenswerther noch als er.

Monimia. Du?

Xiphares. Nenn's das unheilvollste der Geschicke,
Ruf alle Götter gegen ein Geschlecht,
Das nur geschaffen, dich zu quälen, gegen
Den Vater und die Söhne. Doch wie sehr
Auch meine Leidenschaft dich staunen macht
Und Kummer dir erweckt, dein Unglück kommt
Nicht jenem gleich, das ich erduld' und das
Ich dir verbergen wollte. Doch du mußt
Nicht glauben, daß ich dem Pharnazes gleich
Dir huldige, um seine Stelle einzunehmen.
Du willst dir selber angehören; nimm
Mein Wort: nicht ich, noch er wird dich dran hindern:
Doch welche Zuflucht hast du dir erwählt?
Ist's, Fürstin, fern, ist's nah bei meinen Staaten?
Gewährst du, daß ich dich dahin geleite?
Wirst Schuld und Unschuld du mit gleichem Blick
Betrachten, wie vor meinem Nebenbuhler,
So auch vor mir zurück dich ziehn? Muß ich
Zum Lohn, daß ich nach deinem Wunsche that,
Auf immer deine Gegenwart entbehren?

Monimia. O Götter! was vernehm' ich!

Xiphares. Schöne Fürstin,
Verleiht die Zeit ein Anrecht, dann bedenke,
Daß ich der Erste war, der dich gesehn,
Und gleich beschloß, dir ewig zu gehören,
Als noch, von meinem Vater unbemerkt,
Die erste Blüthe deiner Reize sich
Dem Blick der Mutter nur allein enthüllte.
Ach, als die Pflicht mich zwang, dich zu verlassen,
Und sich mein Herz dir noch nicht zeigen durfte,
Wie war ich da – gedenkst du noch daran? –
Schmerzlich bewegt in jener Abschiedsstunde!
Doch ich allein erinnere mich deß;
Gesteh' es nur, ich rufe dir, o Fürstin,
Schon längst erloschne Träume vor die Seele.
Dieweil ich fern von dir und ohne Hoffnung,

Je heimzukehren, meinen Kummer nährte,
Hast du zur Ehe mit dem Vater dich
Nur allzu gern entschlossen, und die Qualen
Des Sohnes haben dich wohl kaum gerührt.

Monimia. Ach!

Xiphares. Hast du einen Augenblick daran
Gedacht?

Monimia. Mißbrauch', o Herr, nicht meine Lage.

Xiphares. Mißbrauchen, Himmel! ich, der dich beschützt,
Nichts fordert und nicht Lohn dafür verlangt,
Der selbst, wenn du es wünschest, dir verspricht,
Daß du ihn niemals wiedersehen sollst?

Monimia. Das wäre mehr, als je du halten kannst.

Xiphares. Wie, glauben willst du's nicht, wenn ich dir's schwöre?
Du meinst, ich würd' im Mißbrauch meiner Macht
Dir deine Freiheit zu beschränken suchen?
Man kommt. Erkläre dich mit Einem Wort.

Monimia. Beschütz' mich vor Pharnazes' Leidenschaft;
Daß ich dir dann gestatte, mich zu sehen,
Dazu bedarf's des Mißbrauchs nicht der Macht.

Xiphares. Monimia!

Monimia. Dein Bruder kommt, o Herr.

Dritter Auftritt.

Pharnazes. Monimia. Xiphares.

Pharnazes*(zu Monimia).*
Wie lang harrst du auf meinen Vater noch?
Die Todesboten, welche stündlich kommen,
Gestatten weder Zweifel, noch Verzug.
Komm, flieh den Anblick dieser wilden Küste,
Wo Alles dich an deine Knechtschaft mahnt!
In einem schönern Land, das deiner würd'ger,
Erwartet dich ein dir ergebnes Volk.
Der Pontus nennt dich seine Königin

Seit langer Zeit, und noch trägt deine Stirn
Die Königsbinde, deiner Herrschaft Zeichen.
Vom Vater erbt' ich, Fürstin, diesen Staat,
Und was er dir versprach, ich will es halten.
Doch glaube mir, wir müssen Hymens Fest
Und unsren Aufbruch jetzt beschleunigen,
Mein Herz und auch die Klugheit rathen's so.
Schon harren deiner meine Schiff' im Hafen,
Wenn vom Altar du kommst, dich zu empfangen
Als Königin der Fluten, die dich tragen.

Monimia. Die Güte macht mich ganz beschämt, o Herr;
Doch da die Zeit zu rascher Antwort drängt,
Darf ich des Herzens innerstes Gefühl
Dir frei und offen mitzutheilen wagen?

Pharnazes. O thu's.

Monimia.   Ich glaube dir bekannt zu sein.
Mein Heimatland ist Ephesus, ich stamme
Von Königen und von Heroen ab,
Die bei den Griechen um der Tugend willen
Noch höher stehn, als selbst die Könige.
Dort sah mich Mithridat! Ionien war
Mit Ephesus zu Einem Reich vereint,
Er sandte mir voll Huld dies Diadem
Als seiner Liebe Zeichen. Meinem Hause
War's ein Befehl, dem man gehorchen mußte,
Und als gekrönte Sklavin reiste ich
Dem mir bestimmten Ehebund entgegen.
Der König harrt' in seinem Reich auf mich,
Allein der Krieg rief ihn in andre Lande,
Und weil er ihn so ganz in Anspruch nahm,
Entsandt' er mich an diesen ruh'gen Ort.
Ich kam und bin noch hier. Jedoch, o Herr,
Mein Vater büßte schwer für diese Ehre.
Die Römer siegten, und Philopömen
Erlag als erstes Opfer ihrem Schwert.
Das ist es, was ich dir erzählen wollte,
Und ob mich auch gerechter Haß erfüllt,
Zum Kampfe gegen Rom hab' ich kein Heer;
Ich weiß, was es im Schilde führt, doch mich
Zu rächen, fehlt es mir an jeder Macht,

Ich habe nur mein Herz. Was ich allein
Vermag, ist, meinem Vater treu zu bleiben,
Und meine Hand nicht in sein Blut zu tauchen,
Indem ich sie dem Römerfreunde reiche.

Pharnazes. Was sprichst du mir von Rom und Römerfreundschaft?
Woher das Mißtraun? Wer hat dir gesagt,
Daß ich nach einem Bund mit ihnen trachte?

Monimia. Du selber, Herr, du kannst es ja nicht leugnen;
Wie bötest du mir sonst die Kron' und Zutritt
Zum Lande an, das rings von ihrem Heer
Umlagert ist, wenn ein geheimer Bund
Das Reich mir und den Weg nicht sicherte?

Pharnazes. Ich könnte meine Pläne dir enthüllen
Und meine Gründe auseinandersetzen,
Wenn du, von eiteler Verstellung frei,
Des Herzens Meinung mir erschlossen hättest.
Doch schon nach all' der Ausflucht, die du suchst,
Und den Entschuldigungen wird mir's klar,
Daß dich im Stillen ganz was Andres treibt;
Ein Andrer als dein Vater spricht aus dir!

Xiphares. Was auch die Kön'gin also reden läßt,
Kann zweifelhaft, o Fürst, die Antwort sein?
Und darf nur einen Augenblick dein Groll
Noch zögern, gegen Rom hervorzubrechen?
Wie, wir erfahren unsers Vaters Unglück
Und, langsam in der Rache, aber rasch
Im Uebernehmen seiner Stelle, sollen
Wir unsre Ehre und sein Blut vergessen?
Er starb. Doch ist's gewiß, daß ihm ein Grab
Geworden? Jetzt, wo deine Seele noch
Sich nur in süßen Eheträumen wiegt,
Liegt er, der König, der den Orient
Mit seiner Thaten hohem Ruhm erfüllte,
Den man mit Recht den letzten König heißt,
Im eignen Land vielleicht der Gruft beraubt,
In einem Haufen unbekannter Leichen
Und klagt zum Himmel, der ihn nicht beschützt.
Und nun die Söhne, welche ihn nicht rächen!
Auf, laßt uns länger nicht im Winkel hier
Des Bosporus die Zeit nutzlos verseufzen;

Wenn irgendwo ein freier König lebt,
Sarmate, Scythe oder Parther, der
Die Freiheit liebt, er sei uns Bundsgenoß!
Laß uns zu ihm, und leben oder sterben
Als würd'ge Söhne Mithridats! Laß lieber
Das Vaterland uns vor der Knechtschaft schützen,
Als darauf sinnen, wie wir uns ein Herz
Erzwingen, das nicht frei sich uns ergiebt!

Pharnazes *(zu Monimia)*.
 Er weiß, wie du gesinnt. Nun, täuscht' ich mich?
 Das ist's, was dich bewegte, das der Vater,
 Die Römer, die du mir zum Vorwurf machtest.

Xiphares. Ich kenne ihres Herzens Meinung nicht;
 Doch glaubt' ich so wie du sie zu verstehn,
 Dann unterwürf' ich mich ihr ohne Sträuben.

Pharnazes. Du thätest wohl dran, ich weiß, was zu thun;
 Dein Beispiel ist für mich noch keine Richtschnur.

Xiphares. Doch weiß ich Niemand hier, der nicht das Beispiel,
 Das ich ihm gebe, nachzuahmen hätte.

Pharnazes. In Kolchos dürftest du vielleicht so reden.

Xiphares. Ich darf's in Kolchos und ich darf es hier.

Pharnazes. Hier könnt' es doch zu deinem Schaden sein.

Vierter Auftritt

Pharnazes. Monimia. Xiphares. Phödime.

Phödime. Ihr Fürsten, rings mit Schiffen ist das Meer
 Bedeckt, und bald erscheint der König selbst.
 Er wird die Todesbotschaft Lügen strafen.

Monimia. Wie, Mithridat?

Xiphares.   Mein Vater?

Pharnazes.   Ha, was hör' ich!

Phödime. Auf leichten Schiffen kam uns diese Nachricht.
Er ist's. Arbates ist, ihn zu empfangen,
Hinausgefahren in die hohe See.

Xiphares. Was thaten wir!

Monimia. Leb' wohl! Ha, welche Nachricht!

Fünfter Auftritt.

Pharnazes. Er kehret heim, o grausames Geschick!
Mein Leben, meine Lieb' ist in Gefahr!
Das Römerheer, das ich erwarte, kommt
Zu spät! *(Zu Xiphares)* Was ist zu thun, ich hör' dich seufzen
Und sah, wie sie ein Lebewohl dir winkte.
Doch jetzo handelt sich's um andre Dinge,
Und ernste Sorgen sind's, die uns bedrängen.
Er kehrte heim, und unerbittlich wird
Er sein, denn furchtbar ist er, wenn ein Unglück
Ihn trifft, und dringender ist die Gefahr,
Als du dir denkst. Wir beide sind in Schuld,
Du kennst ihn. Lieb' entwaffnet seinen Zorn
Nicht leicht, und keinen strengern Richter giebt's
Für seine Kinder! Sahen wir ihn doch
Aus schwächrem Grund zwei Söhne seinem Argwohn
Zum Opfer bringen. Für die Königin,
Für dich und mich ist wahrlich hier zu fürchten.
Und sie beklag' ich um so mehr, als er
Sie liebt, und wie sein Lieben glühend ist,
So furchtbar ist er in der Eifersucht!
Trau' nicht der Neigung, die er zu dir hegt,
Sein Argwohn ist dann um so finstrer nur,
Bedenk' es wohl. Die Krieger lieben dich,
Und mir kommt Hülfe, über die ich mich
Noch nicht erklären darf. Folg' meinem Rath,
Auf unsre Sicherheit laß uns bedacht sein
Und rasch zu Herrn uns dieses Platzes machen,
Damit er uns nur solcherlei Bedingung
Vorschreibe, welche wir genehm'gen wollen.

Xiphares. Ich kenne meine Schuld und meinen Vater
Und weiß auch, daß der Mutter Frevelthat

Im Gegensatz zu dir mich schwer belastet.
Doch wie die Liebe auch mein Herz befange,
Erscheint mein Vater, kann ich nur gehorchen!

Pharnazes. So sei'n wir mindestens einander treu,
Ich kenne dein Geheimniß, du das meine.
Der König, stets erfindungsreich in Listen,
Wird jedes Wort von uns zum Fallstrick machen;
Du kennst ihn ja, du weißt es, wie sein Haß
Sich hinter Zärtlichkeit zu bergen pflegt.
Wohlan, da's sein muß, folg' ich dir; wenn auch
Gehorsam, woll'n wir doch uns nicht verrathen.

Zweiter Aufzug.

Erster Auftritt.

Monimia. Phödime.

Phödime. Wie, du bist hier, wenn Mithridat sich naht,
Wenn Alles ans Gestade eilt, um dort
Ihn zu begrüßen? Herrin, sprich, was hast du,
Was hält dich plötzlich hier zurück? Wird er
Verletzt nicht sein, der so dich liebt,
Der fast dein Gatte schon?

Monimia. Noch ist er's nicht;
Bis dahin, sollt' ich meinen, ziem' es sich,
Phödime, hier ihn zu erwarten.

Phödime. Doch
Er ist ja kein alltäglicher Geliebter;
Bedenke, daß dem großen König dich
Dein Vater selbst hat angelobt. Du hast
Von ihm ein feierliches Pfand der Liebe,
Das am Altare er bestät'gen kann,
Sobald er will. O folge meinem Rath,
Eil' ihm entgegen, Herrin, zeig' dich ihm.

Monimia. In solchem Zustand soll ich vor ihn treten?
Mein Angesicht in Thränen! Rathe mir,
Statt ihn zu suchen, daß ich mich verberge.

Phödime. Ihr Götter, was vernehm' ich' da!

Monimia. O Heimkehr,
Die mir den Tod bringt! Ach, ich Unglücksel'ge,
Wie soll ich mich vor seinen Augen zeigen,
Das Diadem im Haar und Qual im Herzen?
Phödime, du verstehst mich, siehst, wie ich
Erröthe.

Phödime. So verfällst du in den Gram
Aufs Neu', der dir in Griechenland so viel
Der Thränen schon gekostet? Xiphares
Tritt immer wieder dir vor deine Seele?

Monimia. Mein Unglück ist noch größer, als du ahnst.
Nur mit der Tugend, mit des Ruhmes Glanz,
Stand damals im Gedächtniß mir sein Bild,
Doch wußt' ich nicht, daß er in Liebe glühte.

Phödime. Dich liebt er, Fürstin? Er, der edle Held?

Monimia. Ist so unglücklich, wie ich elend bin.
Er liebt mich und was hier ich hab' erduldet,
Erlitt er anderswo in gleichem Maß.

Phödime. Und weiß er, wie du gegen ihn gesinnt?
Weiß er, daß du ihn liebst?

Monimia. Er weiß es nicht.
Die Götter waren hülfreich mir. Mein Herz
Bezwingend sagt' ich Nichts, zum mindesten
Nur halbe Worte. Wüßtest du, wie schwer
Mir's ward, das Schweigen zu bewahren! Freundin,
Wenn's möglich ist, so seh' ich nie ihn wieder.
Wie ich mich auch beherrschte, säh' ich ihn
In Schmerz, ach, ich vermöchte nicht zu schweigen!
Er wird mir mein Geheimniß noch entlocken,
Doch liebt er mich, wird er sich deß nicht freun,
Sein ungeahntes Glück verkauf' ich ihm
So theuer, daß er's besser nicht erfährt.

Phödime. Man kommt. Was willst du thun, Gebieterin?

Monimia. So kann, so will ich nicht vor ihm erscheinen.

Zweiter Auftritt.

Mithridat. Pharnazes. Arbates. Wachen.

Mithridat. Ihr Fürsten, wie ihr's auch entschuld'gen wollt,
Es hat die Pflicht euch nicht hierher geführt.
Ihr durftet nicht in dieser Zeiten Drang,
Du Pontus nicht und du nicht Kolchos, welches
In eure Hut gegeben war, verlassen.
Doch Richter ist ein Vater, der euch liebt.
Ihr glaubtet dem Gerüchte, das ich selbst
Verbreitet; da ihr's wünscht, so will ich euch

Für schuldlos halten und den Göttern dank' ich,
Daß sie uns hier aufs Neu' vereinten. Bin
Ich auch besiegt und nah dem Untergang,
So sinn' ich doch auf einen neuen Plan,
Der meines Muthes würdig ist. Bald werdet
Ihr Näheres davon erfahren. Doch
Nun geht, damit ich kurzer Ruhe pflege.

Dritter Auftritt.

Mithridat. Arbates.

Mithridat. So siehst du mich nach einem Jahre wieder,
Nicht Mithridat, wie sonst, den Glücklichen,
Der die Geschicke Roms in Händen wog
Und zwischen Rom und mir die Welt im Schwanken
Erhielt. Ich bin besiegt! Pompejus hat
Den Vortheil einer Nacht benutzt, wo für
Die Tapferkeit nur wenig Raum geblieben.
Das Heer fast nackt, von Dunkelheit erschreckt,
Die Reihen schlecht geschlossen und bewacht,
Unordnung, durch Allarmgeschrei vermehrt,
Die eignen Waffen gegen uns gerichtet,
Der Rufe dumpfer Wiederhall am Felsen,
Kurz, alle Schrecken eines Nachtgefechts!
Was half in solcher Wirrniß Tapferkeit?
Die Einen fielen und die Andren flohn,
Ich selbst verdanke mein Entkommen nur
Der Todesnachricht, die ich über mich
Verbreitete. So kam ich unerkannt,
Den Phasis überschreitend, bis zum Fuß
Des Kaukasus und sammelte auf Schiffen,
Die im Euxin dazu bereit schon lagen,
Die Trümmer des versprengten Heers aufs Neue.
Solch Unglück führte mich zum Bosporus,
Und, ach! noch größres Unglück find' ich hier.
Du siehst mich noch von gleicher Liebe glühen,
Und dieses Herz, von Blut genährt und dürstend
Nach Krieg und Schlacht, schleppt trotz der Last der Jahre
Und des Geschicks, das mich verfolgt, die Fesseln
Der Neigung zu Monimien mit sich fort

Und findet in zwei undankbaren Söhnen
Zwei Feinde, die es mehr als Alles haßt.

Arbates. Zwei Söhne, Herr?

Mithridat.   Hör' mich! Trotz meines Zorns
Vermeng' ich Xiphares nicht mit dem Bruder.
Ich weiß, daß meinem Willen gern sich fügend
Er unsre Feinde so wie ich stets haßte;
Ich sah, wie mir zu Lieb' er tapfer war
Und meinen Beifall zu verdienen suchte;
Ich weiß sogar, wie er verzweiflungsvoll
Und nur die Pflicht im Auge, was die Mutter
Treulos verbrochen, gut zu machen suchte,
Und neuen Ruhm aus ihrer Schuld gewann.
Nein, nein, ich glaub' es nicht, ich kann's nicht denken,
Daß mich der treue Sohn hat kränken wollen.
Was aber wollten Beide hier? Verstieg
Sich ihre Kühnheit gar so weit, daß sie
Sich um die Hand der Königin bewarben,
Wem von den Beiden schien sie zugeneigt?
Wie soll ich selbst mich gegen sie verhalten?
Sprich. Wie mich auch die Sehnsucht zu ihr zieht,
Ich muß erst über Beide Auskunft haben.
Was ist geschehn, was sahst du und was weißt du?
Seit wann, warum hast du den Platz geräumt?

Arbates. Acht Tage, Herr, ist's, seit Pharnazes sich
Voll Ungeduld an dieser Wälle Fuß
Gezeigt. Er forderte sogleich den Einlaß
Und stützte auf die Todesnachricht sich dabei,
Die aber schien mir übereilt zu sein.
Ich hätte nicht darauf gehört, wenn nicht
Sein Bruder mehr durch Thränen, als durch Worte
Bei seiner Ankunft mir's bestätigt hätte.

Mithridat. Nun, wie war ihr Verhalten denn?

Arbates.   Pharnazes
War kaum herein, als er der Königin
Von seiner Leidenschaft zu reden eilte
Und sich erbot, durch Hymens Band ihr bald
Das Diadem, das sie von deiner Hand
Erhielt, zu sichern.

Mithridat.   Ha, er ließ ihr nicht
Einmal die Zeit, die Thränen mir zu weihn,
Die sie der Asche schuldete. Der Bruder?

Arbates. Der Bruder, Herr, verrieth bis heute Nichts
Von Liebesplänen, die er etwa hegte;
Er schien im Einklang stets mit dir zu sein
Und nur auf Rache und auf Krieg zu sinnen.

Mithridat. Was aber, sprich, hat ihn hierher geführt?

Arbates. Das, Herr, erfährst du früher oder später.

Mithridat. Sprich, ich befehl's, ich will das Alles wissen!

Arbates. Der Fürst, wenn ich ihn recht verstanden habe,
Vermeinte, daß dies Land nach deinem Tode
Zu seinem Reich gehör', und ohn' ein andres
Gesetz, als seinen Muth, zu kennen, dacht' er
Sich mit Gewalt sein Erbtheil anzueignen.

Mithridat. Ha, das ist das Geringste nur, worauf
Er rechnen darf, wenn mir mein fernres Loos
Der Himmel zu bestimmen gönnt. Arbat,
Ich athme wieder auf. Wie bin ich froh!
Gezittert hab' ich um den theuren Sohn;
Mir bangt', in ihm die Stütze zu verlieren
Und einen Nebenbuhler gar zu finden.
Pharnazes komme nur und kränke mich,
Er strebte lange schon, mir zu mißfallen;
Im Stillen hing er stets den Römern an
Und wider Willen nur erklärt' er sich
Als ihren Feind. Wenn ihm Monimia
Die Liebe, welche sie mir schuldig ist,
Entgegenbringt, dann weh' dem Frechen, der
Sie mir entreißen will, der mich zu kränken
Wohl frech genug, jedoch zu feige, mir
Zu dienen. Liebt sie ihn?

Arbates.   Die Kön'gin, Herr!

Mithridat. Ihr Götter, die ihr meine Liebe seht
Und meinen Haß, schont mich in meinem Unglück;
Verhindert, daß ich das nicht finde, was

Ich suche. Doch genug. Laß mich, Arbat,
Mit ihr allein.

Vierter Auftritt.

Mithridat. Monimia.

Mithridat.   Jetzt endlich, Fürstin, führt
Der Himmel mich aufs Neu' in deine Nähe
Und meinen liebsten Wunsch erfüllend zeigt
Er meiner Liebe schöner dich, denn je.
Ich dachte nicht, daß uns der Tag des Hymen
So spät erscheinen, noch daß meine Rückkehr
Statt Liebesglück mir Unglück bringen würde.
Und doch ließ Liebe mich von allen Orten
Nur den erwählen, wo du selber weilst,
Und jedes Unglück wird mir süß erscheinen,
Wenn dir kein Unglück meine Gegenwart.
Dies, wenn du mich verstehn willst, ist genug,
Du mußtest längst auf diesen Tag gefaßt sein.
Du trägst ein Pfand der Treue, welches
Dir täglich kündet, wem du angehörst.
So mög' denn heut' der Bund geschlossen werden,
Die Ehre ruft uns Beide von hier fort,
Und keinen Augenblick verlierend laß
Mich heut dein Gatte sein und morgen reisen.

Monimia. Dein ist die Macht, o Herr! Die mir das Leben
Geschenkt, sie traten jedes Recht auf mich
Dir ab, und wenn du es gebrauchen willst,
So ist Gehorsam meine einz'ge Antwort.

Mithridat. So willst du wie ein Opferlamm, das sich
Dem Joche beugt, nur zum Altare gehn,
Und ich soll, ein Tyrann des Herzens, das
Mir widerstrebt, selbst wenn ich dich besitze,
Dir Nichts verdanken; Fürstin, kann mir das
Genügen? Soll auf deine Gunst verzichtend
Ich nur noch streben, dein Tyrann zu werden?
Bringt mir mein Unglück nur Verachtung ein?
Ha, ständ' auch nirgends mehr ein Weg mir offen,
Mir neue Länder zu erobern, hätte

Mein Mißgeschick mich tiefer noch gestürzt,
Eilt' ich besiegt, verfolgt, der Hülf' entblößt
Und ohne Land, von einem Meer zum andern,
Mehr dem Piraten, als dem König gleichend,
Umher, und blieb' statt alles Andern dann
Mir nur der Name Mithridat, so wisse,
Daß ich, von dieses Namens Glanz umstrahlt,
Den Blick des Weltalls auf mich ziehen würde,
Und daß kein König ist, wenn er den Namen
Verdient, der, ob sein Thron auch fest und sicher,
Nicht höher als den eignen Ruhm das Schicksal
Des sturmverschlagnen Mannes schätzen würde,
Den Rom in vierzig Jahren kaum besiegte,
Und sähst du mich nicht selbst mit andren Augen,
Wenn jene Griechen, deine Ahnen, noch
In dir lebendig wären? Da ich doch
Einmal dein Gatte werden soll, wär's da
Nicht edeler und würdiger zugleich,
Daß du zur freien Wahl die Pflicht erhöbst,
Durch deine Achtung mich im Unglück stärktest,
Mit holdem Worte meinen Schmerz bekämpftest
Und jenes Mißtraun, das dem Unglück folgt?
Wie, hast du Nichts, o Fürstin, zu erwidern,
Und dient mein Eifer nur, dich zu verwirren?
Du gönnst mir ja kein Wort, ich aber sehe,
Wie du mit Mühe deine Thränen birgst.

Monimia. Ich habe keine Thränen zu vergießen,
Herr, ich gehorche, – ist das nicht genug?

Mithridat. Nein, mir ist's nicht genug. Ich sehe klarer
Ins Herz dir, als du glaubst; ich seh's, man hat
Die Wahrheit mir gesagt. Durch deine Worte
Ward meine Eifersucht nur mehr begründet.
Ich sah, daß mein verrätherischer Sohn,
Von deinem Reiz entflammt, mit dir von Liebe
Gesprochen, daß du ihm Gehör gegeben;
Um seinetwillen ist's, daß du dich ängstigst.
Doch wenig werden ihm die Thränen nützen,
Die du ihm, Ungetreue, weinst, und jetzt
Hört Niemand mehr auf meinen Willen, oder
Du hast ihn heut zuletzt gesehn. Man rufe
Mir Xiphares herbei.

Monimia. Was thust du, Herr!
Warum denn Xiphares?

Mithridat. Nicht er verräth
Den Vater. Ihn brauchst du nicht zu entschuld'gen,
Und das ist's, was mein Vaterherz erfreut.
O, meine Schmach und dein Verbrechen wären
So groß nicht, hätte dieser Sohn, der würdig
Der Achtung ist, sich deine Lieb' errungen;
Jedoch, daß ein Verräther, der nur kühn ist,
Wenn's gilt, mich zu beleidigen, bei dem
Den Frevelmuth nicht Eine Tugend sühnt,
Mit Einem Worte, daß Pharnazes frech
An meinen Platz sich hat gestellt, daß er
Von dir geliebt und ich von dir verschmäht . . . .

Fünfter Auftritt.

Xiphares. Mithridat. Monimia.

Mithridat. Komm her, mein Sohn, dein Vater ist verrathen:
Ein übermüth'ger Bursch verhöhnt mein Unglück,
Erlaubt sich jede Frechheit gegen mich, indem
Er meine Pläne zu durchkreuzen wagt,
Er liebt die Königin, gefällt und raubt
Ein Herz mir, das die Pflicht mir eigen macht;
Und doch, wie bin ich froh, bei solchem Kummer
Allein Pharnazes anzuklagen, daß
Der Mutter und des Bruders Beispiel dich
Nicht zum Verrath verlocken konnte. Ja,
Du bist's allein, mein Sohn, dem ich vertraue,
Du bist's, den ich zu Großem ausersehn,
Den ich seit lang mir zum Genossen wählte,
Zum Erben meines Scepters – meines Namens.
Jedoch Pharnazes nicht, noch sein Verrath
Sind's, was allein mir jetzt den Geist erfüllt;
Die Vorbereitungen zu wicht'ger Fahrt,
Die Schiffe, die dazu sich rüsten müssen,
Des Heers Willfährigkeit, die zu erproben,
Sieh, Alles das heischt meine Gegenwart.
Du wach' indessen hier für meine Ruhe

Und hintertreibe des Verräthers Pläne,
Bleib bei der Königin, und wenn du's kannst,
Gewinne sie für mich, der ich sie liebe,
Und rede jene Wahl ihr aus, die mich
Verletzt. Als theilnahmloser Richter kannst
Du sie am besten überzeugen; schon genug
Ward meiner Schwäche zugemuthet. Drum
Soll sie sich hüten, meine Zärtlichkeit
In Haß und Wuth zu wandeln, drob ich dann
Erst Reu' empfände, wenn ich mich gerächt.

Sechster Auftritt.

Xiphares. Monimia.

Xiphares. Wie, Fürstin, soll ich dies verstehn, den Auftrag,
Die Worte, die mir dunkel sind? Wär's wahr,
O Götter, daß du meinen Bruder liebtest,
Und er dadurch des Vaters Zorn verdiente?
Ist er's, der so dich in Verwirrung bringt?

Monimia. Pharnazes! Himmel, was muß ich vernehmen!
Genügt es nicht, daß der unsel'ge Tag
Mir Alles, was ich lieb', auf ewig raubt,
Und ich, die Sklavin harter Pflicht, verdammt bin,
In langem Gram mich zu verzehren? Muß
Zu solchen Schmerzen noch Beleid'gung kommen?
Jetzt soll mein Weinen dem Pharnazes gelten?
Trotz meines Hasses heißt's, daß ich ihn liebe.
Dem König, den der Zorn verblendet, kann
Ich es verzeihn, er sieht nicht in mein Herz;
Doch du, Herr, daß auch du mich so behandelst . . . .

Xiphares. Verzeih', wenn mich die Leidenschaft verwirrt,
Wenn meinerseits, durch harte Pflicht gebunden,
Ich mir das Theuerste entrissen seh',
Und dennoch mich nicht rächen darf. Doch wie
Soll ich die Wuth des Königs mir erklären?
Er klagt, ihm stehe eines Andern Liebe
Entgegen. Wer, ach, kann der glückliche
Verbrecher sein? Wer ist's? o sag' es mir.

Monimia. Du quälst, mein Prinz, dich selber ohne Noth;
Beklag' dein Unglück, doch vermehr' es nicht.

Xiphares. Ich weiß, was ich für Qualen mir bereite;
Nicht, daß mein Vater die Geliebte heimführt,
Nein, daß du einen Nebenbuhler ehrst
Mit deinen Thränen, das ist mir das schwerste
Der Leiden. Laß mich sie nicht unnütz mehren,
O habe Mitleid, nenn' mir den Beglückten;
Auf wen, o sag' mir, Fürstin, darf ich rathen?

Monimia. Wird dir's, mein Prinz, so schwer denn, ihn zu ahnen?
Als ich vor Kurzem gegen rauhen Zwang
Mich sträubte, sprich, an wen denn wandt' ich mich
Mit meinen Klagen gegen deinen Bruder?
Sprich, unter welchen Schutz begab ich mich?
Wer durfte mir von seiner Liebe reden?

Xiphares. O Himmel! Wie, ich wäre der Beglückte,
Den du mit günst'gem Aug' betrachtetest,
Dein holdes Auge hätt' um mich geweint?

Monimia. Ja, Prinz, ich darf es länger nicht verhehlen,
Zu heftig ist mein Schmerz, als daß ich schwiege.
Zwar zwingt mich eine strenge Pflicht dazu,
Doch endlich muß ich, mich des Zwangs entled'gend,
Zum ersten und zum letzten Male reden.
Du liebst mich schon seit langer Zeit, und ich
Empfand für dich dieselbe Zärtlichkeit.
Gedenk' des Tags, wo unheilsvoll mein Reiz
Dir Lieb' erweckte, die er nicht verdiente,
Der Hoffnung, die nur allzu bald dir schwand,
Der Unruh', die die Liebe deines Vaters
In dir hervorrief, und der herben Qual,
Mich zu verlieren, ihn beglückt zu sehn,
Der Pflicht, des Herzens Wunsch dir zu versagen,
Dann kannst du deiner Qual dich nicht erinnern,
Daß du der meinen nicht zugleich gedenkst,
Und als du heute Morgen sie mir maltest,
Fand jedes Wort in mir den Wiederhall.
O nutzlos, unheilsvolle Sympathie,
O Seeleneinheit, die das Schicksal trennt,
Wie grausam eint der Himmel so zwei Herzen,
Die er nicht für einander hat bestimmt!

Denn wie mich auch die Neigung zu dir zieht,
Ich sag's, um's nicht zum zweiten Mal zu sagen.
Mich bannt die Pflicht und ruft mich zum Altar,
Wo ich dir ew'ges Schweigen schwören werde.
Du seufzest, Herr, doch das ist, ach! mein Loos:
Nicht dir, nein, ich gehöre deinem Vater,
Du selbst mußt mir behülflich sein, daß ich
Dich aus dem allzu schwachen Herzen reiße.
Das wenigstens darf ich von dir verlangen,
Daß du aus meiner Nähe dich verbannst.
Aus dem, was ich verrieth, kannst du schon sehn,
Daß ich ein Recht, es zu befehlen, hätte;
Hat aber je dein edles Herz für mich
Geglüht, dann werd' ich dir's nur glauben können,
Wenn du von jetzt an sorgsam mich vermeidest.

Xiphares. O Götter, welch beklagenswerthe Liebe,
Unglücklich und beglückt zugleich zu sein!
Von welcher stolzen Höhe stürzest du
In einen dunklen Abgrund mich hinab!
Ein Herz wie dein's vermocht' ich zu gewinnen,
Du liebtest mich, und dennoch soll ein Andrer
Dies Herz besitzen, das sich mir geweiht.
O grausam, harter – unglücksel'ger Vater! . . . .
Du willst, ich soll dich fliehn, ich soll dich meiden,
Und dennoch fesselt mich an deine Nähe
Der König. Sprich, was wird er sagen?

Monimia.   Dennoch
Mußt du dich meinem Wunsche fügen. Sinn'
Auf Gründe, die ihn überzeugen können,
Das ist's, was einem Helden ziemt gleich dir.
Ersinn', o Prinz, zu deinem eignen Nachtheil
Ein Mittel, wie's der Trost der Liebenden
Ersinnt, um seine Wünsche zu befriedigen.
Ich kenne mich. Es geht hier um mein Leben.
Auf meiner Tugend Kraft darf ich nicht traun;
Ich weiß, wenn ich dich seh', kann die Empfindung
Unwürd'ge Seufzer meiner Brust entlocken;
Mein Herz, von innrem Gram zerrissen, flöge
Dem Glück entgegen, das man ihm geraubt.
Doch weiß ich auch, von dir nur hängt es ab,
Daß mir ein freundliches Erinnern bleibt;

Nur fühl' ich mich verletzt, dann hinderst du
Es nicht, daß ich die Schuld sogleich bestrafe,
Daß meine Hand in meiner eignen Brust
Dich such', um dich herauszureißen, und
Die Schmach auf diese Weise sühne. Götter!
Im letzten Augenblick, der uns noch blieb,
Bannt mich ein schmerzliches Gefühl der Wonne;
Je länger, allzu schwach, ich mit dir rede,
Vermehr' ich die Gefahr, die ich verscheuche.
Ich flieh', damit mir nicht im Lebewohl
Die letzte Kraft des Widerstandes schwinde;
Ich flieh', vermeide mich, o Fürst, und suche
Der Thränen werth zu sein, die du mich kostest.

Xiphares. Monimia! Sie entflieht, sie hört mich nicht.
Unglücklicher, was willst du jetzt beginnen?
Geliebt und doch verbannt aus ihrer Nähe! Ist
Nicht meine Pflicht der ihren gleich? Jetzt möge
Ein rascher Tod mich dieser Qual entreißen,
Doch soll zuvörderst sich ihr Loos entscheiden.
Und muß ein Nebenbuhler sie mir rauben,
So darf's kein Andrer als der König sein,
Dem ich sie sterbend überlassen werde.

Dritter Aufzug.

Erster Auftritt.

Mithridat. Pharnazes. Xiphares.

Mithridat. Herbei, ihr Söhne! Endlich kam die Stunde,
Wo ich euch mein Geheimniß sagen darf.
Ich seh', wie Alles meinen hohen Plänen
Sich günstig zeigt; ich brauche sie euch nur
Noch darzulegen. Fliehen muß ich, so
Verlangt's mein feindlich Schicksal; doch mein Leben
Ist euch zu wohl bekannt, als daß ihr glaubtet,
Ich werde mich verbergen und erwarten,
Daß man mich sucht in diesen Wüstenein
Der Krieg hat seine gut' und bösen Tage;
Schon mehr als einmal kam ich plötzlich wieder,
Wenn schon der Feind, durch meine Flucht getäuscht,
Das eitle Volk zum Siegeswagen rief,
In Erz die Zahl der schwachen Siege grub
Und der mir abgekämpften Staaten Bilder
Mit Ketten stolz umhing. Dann sah mich plötzlich
Der Bosporus, wie ich durch neue Rüstung
Aus Moor und Sumpf den Schreck heraufbeschwor,
Die Römer fort aus Asien trieb und so
An Einem Tag der Jahre Werk vernichtete.
Doch andre Zeiten bringen andre Sorgen,
Schon ist der Orient erschöpft und kann
Nicht länger ihres Angriffs Doppelstoß
Ertragen. Mehr denn je sind seine Felder
Mit Römerschaaren rings bedeckt, die sich
Mit dem bereichern, was der Krieg uns nimmt.
Sie lechzen gierig nach der Völker Gut,
Und unsres Reichthums Kunde lockt sie Alle;
Sie kommen schaarenweis, und auf einander
Voll Neid verlassen sie ihr eignes Land,
Um gierig auf das unsre sich zu werfen.
Ich bin's allein, der ihnen widersteht.
Der Bund mit mir wird allen meinen Freunden,
Die theils gedrückt und theils ermüdet sind,
Zur Last, die jeder abzuwerfen sucht.
Pompejus' großer Name sichert ihm,

Was er erobert hat, und ist der Schrecken
Des Orients. Nicht dort such' ich ihn auf,
Nein, Söhne, hin nach Rom denk' ich zu ziehn.
Ihr staunt ob dieses Plans. Ihr meint vielleicht,
Verzweifelung hätt' ihn mir eingegeben;
Ich schelt' euch nicht darob, denn Billigung
Erlangt so etwas erst, wenn's ausgeführt ist.
Nur glaubet nicht, es trenne diese Lande
Ein unabsehbar hoher Wall von Rom;
Ich kenne jeden Weg, der dorthin führt,
Und wenn der Tod nicht meinen Plan durchkreuzt,
So führ' ich in drei Monden, um aufs Längste
Es anzuschlagen, euch zum Kapitol.
Bezweifelt ihr, daß der Euxin mich in
Zwei Tagen bis zur Donaumündung trägt?
Daß dort mein Bündniß mit den Scythen mir
Den Zugang zu Europa leicht verschafft?
In ihren Häfen aufgenommen, durch
Ihr Kriegsvolk unterstützt, wird sich mein Heer
Mit jedem Schritte, den wir thun, vermehren.
Päonier, Dacier, trotzige Germanen,
Sie alle harren eines Führers, der
Sie gegen die Tyrannen führt. Ihr saht,
Wie Spanien, Gallien vor Allen mich
Zur Rache riefen gegen jene Mauren,
Die sie einst stürmten, wie sie bis nach Hellas
Durch ihre Boten meine Trägheit schalten.
Sie wissen, daß der Strom, der sie bedroht,
Mich fortreißt, daß er Alles überschwemmt.
Und sehen werdet ihr, wie sie mit mir,
Um der Verheerung vorzubeugen, nach
Italien ziehn und Alle mich geleiten.
Sind wir erst dort, dann werdet ihr noch mehr
Als unterwegs den Abscheu gegen Rom
Bemerken und Italien rauchen sehn
Vom Feuer, das der Freiheit Todeskampf
Entzündete. Ihr Prinzen, an den Enden
Der Erde nicht läßt Rom am schmerzlichsten
Die Schwere seiner Kettenlast empfinden;
Den stärksten Haß erweckt's in seiner Nähe,
An seinen Thoren stehn die schlimmsten Feinde.
Ha, wenn sie einen Sklaven, einen Fechter,

Den Spartacus, sich zum Befreier wählten,
Und in dem Rachekampf selbst Räuber folgen,
Mit welchem Eifer werden sie dann nicht
Sich unter eines Königs Fahne reihn,
Der lange Sieger war, und deß Geschlecht
Hinauf zu Cyrus, seinem Urahn, reicht.
Und dann, wie ist die Lag', in der wir Rom
Bekämpfen? Fern sind die Legionen, die's
Beschützen könnten. Während Alles nur
Bedacht, mich zu verfolgen, können Weiber
Und Kinder meinem Marsch entgegentreten?
Auf! Werfen wir in Roma's Schooß den Krieg,
Den's selbst bis an der Erde Gränzen trägt,
Und greifen wir in ihren eignen Mauern
Die stolzen Sieger an, daß ihrerseits
Sie für den Herd erbeben! Glaubt es mir,
Einst hat's der große Hannibal gesagt:
Die Römer werden nur in Rom besiegt.
Auf, tauchen wir es in sein eigen Blut
Und werfen wir den Brand ins Kapitol,
Wo ich erwartet war! Zerstören wir
Die stolze Pracht, indem wir so die Schmach
So vieler Kön'ge und die eig'ne tilgen!
Auf, löschen wir, den Fackelbrand in Händen,
Die Namen aus, die es der Schande weihte!
Das ist der Ehrgeiz, der mein Herz erfüllt.
Doch glaubet nicht, daß ich, entfernt von Asien,
Es ruhig im Besitz der Römer lasse:
Ich weiß, wo ich Vertheid'ger finden kann;
Ich will, daß, rings umdroht von Feindesschaaren,
Rom des Pompejus Hülf' umsonst erflehe.
Der Parther, so wie ich der Schrecken Roms,
Tritt mir mit gleich gerechtem Haß zur Seite;
Er ist bereit, sein Haus und seinen Groll
Aufs Engste mit dem meinen zu verbinden,
Und fordert einen Sohn von mir zum Eidam.
Dir ist die Ehre zugedacht, Pharnazes,
Dich wählt' ich, sei du der beglückte Gatte,
Und schon die nächste Morgenröthe soll
Weit ab vom Bosporus die Flotte sehen;
Dich hält hier Nichts zurück, so ziehe denn
Und mach' durch Eifer meiner Wahl dich würdig!

Schließ' diesen Bund und zeig', vom Euphrat kommend,
In Asien dich als zweiter Mithridat,
Daß die Tyrannen drob vor Schreck erbleichen,
Und bis nach Rom zu mir die Kunde dringe!

Pharnazes. Herr, mein Erstaunen kann ich nicht verhehlen.
Ich höre voll Bewundrung von dem großen Plan,
Denn niemals ward ein kühnerer erdacht,
Der des Besiegten Arm aufs Neu' bewaffnet,:
Vor Allem doch bewundr' ich deinen Muth,
Der durch das Unglück neue Kraft gewinnt.
Doch, darf ich offen reden, bist du denn
Schon bis zum Alleräußersten gebracht?
Warum gefahrvoll weite Fahrten, wenn
In deinen Staaten ein Asyl sich findet?
Warum so viele Mühen und Gefahren,
Die besser einem Führer von Verbannten
Als einem König sich geziemen, der
Noch jüngst vom Aufgang bis zum Niedergang
Der Völker Hoffnung war, und seinen Thron
Auf dreißig blüh'nde Staaten gründete,
Ja, der in seines Reiches Trümmern noch
Ein mächtig Reich besitzt? Herr, du allein,
Du ganz allein vermagst nach vierzig Jahren
Den Kampf mit dem Geschick noch zu bestehn,
Du bist ein Feind der Römer und der Ruhe;
Doch ist dein Heer an Heldenmuth dir gleich?
Meinst du, daß es, von seiner Niederlage
Betäubt, ermüdet durch die lange Flucht,
Voll Eifer unter freiem Himmel Tod
Und Mühen suchen wird, die schlimmer noch
Als selbst Gefahren sind? Mehrmals besiegt
Im Angesicht des Vaterlandes, wird
Es anderswo des Feindes Wuth ertragen?
Wird er da wen'ger furchtbar sein, und wird
Es besser ihn im Schooß der Stadt besiegen,
Wo er vor seiner Götter Augen kämpft?
Der Parther wirbt um dich und bittet dich
Um einen Eidam; aber dieser Parther,
Der's mit uns hielt, als noch die ganze Welt
Auf unsre Seite sich zu schlagen schien,
Wird er mit einem Eidam sich befassen,

Dem jede Stütze fehlt? Soll ich allein,
Verstoßen vom Geschick, den Unbestand,
Den jeder an ihm kennt, o Herr, ertragen,
Zum Lohn verwegner Liebe deinen Namen
Preisgeben dem Gespötte seines Hofs?
Doch wenn wir, unserem Gebrauch entgegen,
Uns beugen und demüthig bitten sollen,
Dann heiß' mich nicht des Parthers Knie umfassen,
Dann fleh' du selber keinen König an,
Der kleiner ist als du. Dann steht wohl noch
Ein sichrer Weg uns offen. Blicken wir
Dorthin, wo man mit Freuden uns die Arme
Entgegenstreckt. Zu deinen Gunsten wird
Sich Rom, o Herr, gar leicht beschwicht'gen lassen.

Xiphares. Rom! Bruder, solchen Vorschlag magst du wagen?
So soll der König sich erniedrigen,
Sein ganzes Leben soll ein einz'ger Tag
Der Lüge zeihn, Rom soll er sich vertraun
Und einem Joch sich beugen, gegen das
Er vierzig Jahre lang die Kön'ge alle
Beschützte? Harre aus, o Herr! Wenn auch
Besiegt, sind Krieg und Kriegsgefahr für dich
Die einz'ge Hülfe. Rom verfolgt in dir
Den schlimmsten seiner Feinde, den es mehr
Als selbst den Hannibal zu fürchten hat.
Mit Römerblut bedeckt, kannst du von Rom,
Was du auch thust, nur blut'gen Frieden hoffen,
Nur einen solchen, wie in Asien
Dein streng Gebot ihn hunderttausend Römern
Einst gab. Doch schone dein geweihtes Haupt
Und eile nicht von Land zu Land umher!
Den Völkern als besiegten Mithridat
Dich zeigend, mindre nicht den Glanz, mit dem
Dein großer Name sich umgiebt! Gerecht
Ist deine Rache, führe drum sie aus,
Verbrenn' das Kapitol und lege Rom
In Asche. Doch für dich genügt's, den Weg
Dahin zu öffnen; überlaß, die Fackel
Hineinzuwerfen, einer jüngern Hand.
Indeß Pharnazes Asien hier beschäftigt,
Ehr' *meinen* Muth durch dieses Unternehmen!

Befiehl! Laß uns, von deinem Ruhm begleitet,
Rings zeigen, daß wir deine Söhne sind!
Setz' Ost und West durch unsre Hand in Flammen;
Bleibend im Bosporus, erfülle rings
Die Welt mit deiner Gegenwart! Die Römer,
Indem sie hier- und dorthin eilen, mögen
Nicht wissen, wo du bist und überall
Dich finden. Laß, o Herr, sogleich mich ziehen.
Dich fesselt Alles hier, und mich treibt Alles
Von hier hinweg. Doch ist der große Plan
Zu groß für meine Kraft, dann mindestens
Stimmt die Verzweifelung zu meinem Unglück.
Wie glücklich, könnt' ich meines Elends Ende
Beschleunigen! Ich geh', der Mutter Schuld
Zu sühnen! *(Er wirft sich dem Mithridat zu Füßen.)*
Herr, zu deinen Füßen sieh
Mich drob erröthen! Ach, daß ich so wenig
Dein würdig bin! Mein Blut vermag allein
Den dunklen Flecken wegzuwaschen; doch
Der Tod, dem ich entgegeneile, soll
Noch deinen Ruhm vermehren. Rom, wohin
Mich die Verzweiflung ruft, Rom ist allein
Ein würdig Grab dem Sohne Mithridats!

Mithridat*(sich erhebend).*
Mein Sohn, Nichts mehr vom Treubruch deiner Mutter!
Ich bin zufrieden, kenne deinen Eifer,
Und will nicht, daß Gefahren dich bedrohn,
Die ich nicht selber mit dir theilen soll.
Du bleibst bei mir, Nichts soll uns Beide trennen.
(Zu Pharnazes)
Du, Prinz, bereite dich, mir zu gehorchen.
Die Schiffe harren schon; ich selbst bestimmte
Ausrüstung und Gefolge, wie's dir ziemt.
Arbates, der zur Brautfahrt dich begleitet,
Wird melden, wie du mir gehorsam warst.
Geh', stütze deiner Ahnen Ruhm und nimm
Aus meinen Armen jetzt dein Lebewohl!

Pharnazes. Herr!

Mithridat. Prinz, daß ich es will, sei dir genug.
Gehorche, laß mich nicht zum zweiten Mal . . . .

Pharnazes. Herr, könnt' ich deinen Beifall durch mein Sterben
Erringen! Ha, wie eilt' ich da zum Kampf!
O lasse mich vor deinen Augen fallen!

Mithridat. Ich habe dir befohlen, gleich zu gehn,
Wenn nicht im Augenblick . . . . Prinz, du verstehst mich.
Kein Widerwort, sonst ist's um dich geschehen.

Pharnazes. Und wenn mich tausendfacher Tod bedrohte,
Ich kann nicht frein um eine Unbekannte.
Mein Leben steht bei dir.

Mithridat. Ha, jetzt ist's klar.
Du kannst nicht fort, Verräther; ich versteh' dich,
Ich weiß, warum du dieser Eh' entweichst.
Es quält dich, deine Beute hier zu lassen.
Monimia ist es, die dich fesselt; sie
Gedachtest du, von wilder Glut entbrannt,
Den Armen deines Vaters zu entreißen.
Nicht, daß ich eifrig um sie warb, daß schon
Mit meiner Krone ihre Stirn sich schmückt,
Und ich ihr hier die Zufluchtsstätte wählte;
Selbst mein gerechter Zorn vermochte nicht,
Dich einzuschüchtern. Ha, Verräther, dein
Liebäugeln mit den Römern war vielleicht
Für mich noch nicht beleidigend genug,
Noch fehlte die verrätherische Liebe,
Um meines Lebens Qual und Schmach zu sein.
Statt Reu' auf deinem Angesicht zu lesen,
Seh' ich Nichts, als den Aufruhr deiner Wuth;
Es währt dir schon zu lange, bis du, mir
Entschlüpft, mich zu verderben eilen kannst
Und an die Römer mich verkaufen; doch bevor
Ich von hier gehe, soll dir Recht geschehn.
Ha! meine Wachen!

Zweiter Auftritt.

Mithridat. Pharnazes. Xiphares. Wachen.

Mithridat. Nehmet ihn gefangen!
Ja, den Pharnazes! Sperrt ihn in den Thurm
Und habet Acht auf ihn!

Pharnazes. Nun wohl, ich will
Mich mit dem Schein der Unschuld nicht umgeben.
Gewiß, ich habe deinen Haß verdient;
Ich liebe; wahr ist, was man dir berichtet.
Doch, Herr, nicht Alles hat dir Xiphares gesagt,
Du hörtest nur das kleinere Geheimniß:
Der treue Sohn hat dir's wohl nicht enthüllt,
Daß er seit langer Zeit mit gleicher Glut
Die Kön'gin liebt und sie ihn wiederliebt.

Dritter Auftritt.

Mithridat. Xiphares.

Xiphares. Herr, glaubst du, daß so schuldiges Beginnen . . . .

Mithridat. Mein Sohn, ich weiß, wozu dein Bruder fähig,
Der Himmel schütze mich vor dem Verdacht,
Du könntest also meiner Liebe lohnen,
Es könnt' ein Sohn, der meines Lebens Freude
Bisher gewesen, so ein Vaterherz
Verrathen, das ihm ganz vertraute; nein,
Ich glaub' es nimmermehr. Ich sinne nur
Von jetzt an, wie wir Beid' uns rächen können.

Vierter Auftritt.

Mithridat*(allein).*
Nicht glauben? Eitle Hoffnung, die mir schmeichelt!
Ich Unglücksel'ger glaub' es nur zu sehr.
Wie, Xiphares mein Nebenbuhler, und
Die Königin mit ihm im Einverständniß?
Auch sie sogar vermochte mich zu täuschen?

Wohin ich blicke, überall ist Treu'
Und Glauben schon verschwunden! Hier verläßt
Und dort verräth mich Alles. Er, Pharnazes,
Die Freunde, die Geliebte und auch du,
Mein Sohn, auch du, der mir durch seine Tugend
Ein Trost im Unglück war. Doch kenn' ich nicht
Pharnazes' Arglist? Schwäche war's von mir,
Dem Wüthenden zu glauben, den der Neid
Aufhetzte gegen seinen Bruder, der
Mich aus Verzweifelung belog und gern
Der Schuld'gen Zahl vergrößert hätte, um
Sich selbst zu retten. Nein, ihm glaub' ich nicht.
Jedoch laß sehn. Wie fang' ich's an? Wer klärt
Mich auf? Wo find' ich Zeugen und Beweise?
Ha, eine List, die mir ein Gott einflößt!
Man soll die Kön'gin rufen, sie will ich
Vernehmen; andres Zeugniß brauch' ich nicht.
Die Liebe glaubt gern Alles, was ihr schmeichelt.
Wer besser als die Undankbare kann
Vom Sieger reden, der ihr Herz bezwang?
Wer wird's von Beiden sein, den sie beschuldigt?
Ist dieser Fallstrick mein nicht würdig, nun,
So ist er's ihrer doch. Wer mich verräth,
Nun, den betrüg' ich auch. Kein Mittel, das
Um Falschheit zu entlarven nicht . . . Jedoch
Sie kommt. Jetzt hilf mir, Heuchelei! Ich will
Mit eitler Hoffnung sie geschickt bethören
Und volle Wahrheit ihrem Mund entlocken.

Fünfter Auftritt.

Monimia. Mithridat.

Mithridat. Ja, endlich seh' ich's ein, und ich gestehe,
Für deine Schönheit wär's ein traurig Opfer,
Böt' ich mit meinem Herzen dir zugleich
Mein Alter und das Unglück dar, das mich
Verfolgt. Bis jetzt verhüllten Glück und Sieg
Die greisen Locken unter dreißig Kronen;
Doch das ist nun vorbei: ich war ein Herrscher
Und bin ein Flüchtling jetzt. Es wuchs

Die Zahl der Jahre, doch mein Ruhm nahm ab,
Und meine Stirn, so edlen Schmucks entblößt,
Giebt die Verheerung böser Zeiten kund.
Auch geht mein Geist mit tausend Plänen um;
Du hörst es, wie mein Heer zum Aufbruch ruft,
Die Schiffe, die ich kaum verließ, muß ich
Aufs Neu' besteigen. Fürstin, solche Flucht
Gewährt für Hymens Feier keine Muße;
Wie könnt' ich jetzt dich an mein Schicksal knüpfen,
Wo ich den Krieg nur suche und den Tod?
Doch an Pharnazes darfst du nicht mehr denken,
Sprech' ich mein Urtheil nur, sprech' er sich's auch;
Ich duld' es nicht, daß der verhaßte Sohn,
Den ich auf immerdar verbannt', ein Herz,
Das mir sich weigerte, besitzt und dich
Zu der Verbündeten der Römer mache.
Dir kommt mein Thron zu. Weit entfernt, daß ich's
Bereue, sorg' ich, daß, bevor ich gehe,
Du ihn besteigst, wofern du einverstanden,
Daß ein mir theurer, meiner würd'ger Sohn,
Daß Xiphares dein Gatte werd', am Bruder
Mich räch' und gegen dich der Schuld entled'ge.

Monimia. Herr, Xiphares?

Mithridat. Ja, Fürstin. Aber wie
Macht dieser Nam' auf einmal dich bestürzt?
Warum empört dich die gerechte Wahl,
Beherrscht dich ein geheimer Widerwille?
Er ist, ich wiederhol's, mein zweites Ich,
Ein sieggekrönter Held, der mich liebt, wie
Ich ihn, ein Feind der Römer, Stütz' und Erbe
Des Reiches und des Namens, der in ihm
Aufleben wird. Was deine Leidenschaft
Sich sonst auch zu versprechen wagte, ihm,
Nur ihm allein werd' ich dich überlassen.

Monimia. O Himmel, Herr, was sprichst du da? Du könntest
Es billigen, warum mich so versuchen?
O quäl' nicht länger ein gequältes Herz.
Ich weiß, daß du es bist, dem ich bestimmt bin;
Ich weiß, daß jetzt zum feierlichen Bunde
Das Opfer am Altare harrt, so komm.

Mithridat. Ich sehe wohl, was ich auch möge thun,
Du willst dich für Pharnazes aufbewahren;
Stets ist's derselbe ungerechte Haß,
Der jetzt auf meinen unglücksel'gen Sohn
Auch übergeht.

Monimia. Ich ihn verschmähen, Herr!

Mithridat. Gut, Fürstin. Sprechen wir nicht mehr von ihm.
Fahr' fort, schmachvoll in Liebesglut zu glühen,
Dieweil ich fern von dir mit meinem Sohn
Glorreichen Tod such' an der Erde Gränzen.
Du unterwirf indeß mit seinem Bruder
Dich hier den Römern, seines Vaters Blut
Verkaufend. Komm, nicht beßre Strafe giebt's
Für deinen Hochmuth, als daß ich dich selbst
In seine feigen Hände überliefere.
Ich will für deinen Ruhm nicht länger sorgen
Und die Erinnerung an dich verbannen.
Komm, Fürstin, daß ich dich mit ihm vereine.

Monimia. O straftest du mit tausend Toden mich!

Mithridat. Du widerstrebst umsonst, ich seh's, wie du
Nach Ausflucht suchst.

Monimia. Wie, werd' ich schon, o Herr,
Zum Aeußersten gebracht? Jedoch ich muß
Dir glauben, denn nicht denken kann ich mir,
Daß du so lange dich zum Heucheln zwingst.
Die Götter zeugen mir's, ich war ja stets
Bestrebt, dir zu willfahren; jedem Loos
War ich bereit, mich gern zu fügen. Doch
Wenn Schwäche mich befiel, wenn sich mein Herz
Mit aller Kraft dagegen waffnen mußte,
So sei gewiß, daß meines Unglücks Stifter,
Pharnazes, nie mir eine Thrän' entlockte.
Der sieggekrönte Sohn, den du begünstigst,
Dein Ebenbild, in dem du dir gefällst,
Der Feind der Römer, der dein andres Ich,
Der Xiphares, von dem du willst, daß ich . . . .

Mithridat. Du liebst ihn?

Monimia. Hätte mich mein Schicksal nicht
An dich geknüpft, dann wär' mir's wie ein Glück
Erschienen, würd' er mein Gemahl. Bevor
Du mir dies Pfand der Liebe sandtest, liebten
Wir Beid' uns schon. Doch du erbleichst, o Herr!

Mithridat. Nein, Fürstin, das genügt. Ich send' ihn dir.
Geh'. Kostbar ist die Zeit, ich muß sie nützen.
Ich sehe, daß du willig mir gehorchst,
Ich bin zufrieden.

Monimia(*im Fortgehen*). Himmel, hätt' ich mich
Getäuscht?

Sechster Auftritt.

Mithridat(*allein*). Sie lieben sich! Ha, also treibt
Man seinen Spott mit mir! Du Undankbarer
Sollst mir für Alle büßend untergehn.
Ich weiß, dein Ruhm und deine falsche Tugend,
Sie haben mir das Heer verführt! Verräther,
Ich werde dich mit sichrem Streiche treffen.
Erst soll, damit ich besser dich vernichte,
Die Meutrerschaar beseitigt werden; während
Die Schlimmsten mir vor Augen abziehn, sollen
Die Treusten nur bei mir verweilen. Auf!
Doch darf mein Antlitz nicht den Groll verrathen,
Und du, Verstellung, sollst mir ferner helfen.

Vierter Aufzug.

Erster Auftritt.

Monimia. Phödime.

Monimia. Beim Himmel, Freundin, thu', was ich verlange;
  Sieh, was es giebt, und sag' es mir sogleich.
  Ich weiß nicht, aber ruhig bin ich nicht,
  Und mancherlei Verdacht quält mir das Herz.
  Warum noch zaudert Xiphares, wie kommt's,
  Daß er die Wünsche, die sein Vater billigt,
  Nicht gleich befriedigt? Mithridat, als er
  Fortging, versprach, er wolle mir ihn senden;
  Vielleicht verstellt' er sich! Ich hätte Nichts
  Gestehen sollen. Hat er sich verstellt?
  Und ich schloß ihm mein Innres auf! O Götter,
  Ihr hättet mich in solcher Noth verlassen?
  Hätt' ich in unbedachtem Liebeseifer
  Der Rachsucht den Geliebten preisgegeben?
  O Fürst, als lieberglüht du in mich drangst,
  Dir mein Geheimniß zu enthüllen, ach,
  Wie grausam hielt ich es vor dir zurück
  Und ließ dich's büßen, als du's dennoch mir
  Entrangst! Jetzt, wo dein Vater dir mißtraut,
  Ja, wo dein Leben selbst gefährdet ist,
  Da red' ich, lass' mich wie ein Kind bethören
  Und zeig' ihm selber, wo dein Herz zu treffen.

Phödime. Gebieterin, sieh's doch nur richtig an,
  Wie könnte bis zu solcher Arglist sich
  Ein Mithridat erniedrigen? Wer zwang
  Ihn denn zu solchem Umweg? Ohne Murren
  Gingst du ja zum Altar ihm schon voraus.
  Er sollte diesen Sohn verderben wollen,
  Den er so zärtlich liebt? Bis jetzt entspricht,
  Wie er gehandelt, dem, was er versprach.
  Er sagte dir, ein wicht'ger Plan zwäng' ihn,
  Dich morgen wider Willen zu verlassen,
  Und das ist's, was allein ihn jetzt beschäftigt.
  Die Reise zu beschleun'gen, ordnet er
  Am Meeresstrande Alles selber an,

Die Schiffe nehmen rings die Truppen auf,
Und Xiphares ist überall bei ihm.
Verräth das eines Nebenbuhlers Groll,
Und widerspricht sein Handeln seinen Worten?

Monimia. Pharnazes doch, den er verhaften ließ,
Erfährt des Nebenbuhlers ganze Härte,
Wird Xiphares sie weniger empfinden?

Phödime. Pharnazes ist ihm nur der Römerfeind,
Da hat die Lieb' am Mißtraun keinen Theil.

Monimia. Wie gern lass' ich von dir mich überreden!
Dein tröstlich Wort beschwichtigt mich ein wenig,
Doch Xiphares erscheint noch immer nicht!

Phödime. O eitle Täuschung solcher Liebenden,
Nach deren Wunsch sich Alles richten soll.
Beim ersten Hinderniß gleich ungeduldig . . . .

Monimia. Phödime, ach, ich kann es noch nicht fassen,
Zwei kummervolle Jahre sind vergangen,
Und jetzt athm' ich zum ersten Male auf.
Geliebter Prinz, mit dir vereint zu sein!
Dein theures Leben hätt' ich nicht gefährdet?
Es dürften meine Ehr' und deine Pflicht
Nach langem Kampf sich dieser Liebe freun?
Daß ich dich liebe, dürft' ich jeden Tag
Dir wiederholen? Warum kommst du nicht?

Zweiter Auftritt.

Xiphares. Monimia. Phödime.

Monimia. In diesem Augenblick sprach ich von dir,
Ich sehnte mich, o Herr, dich hier zu sehn,
Um dir . . . .

Xiphares. Und jetzt muß ich dir Lebewohl . . . .

Monimia. Mir Lebewohl?

Xiphares. Ja und für's ganze Leben.

Monimia. Was hör' ich? Sagte man mir doch ... O Götter,
Ich bin betrogen!

Xiphares. Ein versteckter Feind
Hat unser Einverständniß aufgespürt,
Der dich verräth und mich verderben will.
Der König, der noch kurz vorher Pharnazes
Nicht glauben wollte, weiß jetzt Alles, was
In unsren Herzen vorgeht. Er verstellt sich,
Ist freundlich gegen mich und schmeichelt mir,
Das, was er vorhat, schlau verbergend. Ich
Jedoch, an seiner Seite groß geworden,
Durchschau' nur allzu gut, was ihn bewegt,
Und les' in seinem Blick das Nahn der Rache.
Er treibt, er drängt und sendet Alle fort,
Die Mitgefühl mit meinem Unglück leicht
Zum Aufstand gegen ihn verleiten könnte.
Sein freundlich Wesen zeigte seine Arglist,
Auch hat Arbates meine Furcht bestätigt;
Er kam mir heimlich nah und sagte mir,
Im Auge Thränen: Man weiß Alles, flieh'!
Und zittern machte mich dies Wort um dich.
Das ist es, was allein mich zu dir führt;
Mir bangt um dich, und auf den Knien, o Fürstin,
Fleh' ich dich an. Gieb nach um deinetwillen,
Du bist in einer rauhen Hand, die vor
Dem Blut des Theuersten sogar nicht schaudert.
Du weißt nicht, bis zu welcher Grausamkeit
Die Eifersucht den König schon getrieben.
Vielleicht droht seine Wuth nur mir allein,
Vielleicht, indem er mich vernichtet, will
Er dich begnadigen. Benutz' es, Fürstin,
Benutz' es, bei den Göttern fleh' ich drum,
Und reiz' ihn nicht durch neue Weigerung.
Je wen'ger du ihn liebst, such' um so mehr
Ihm zu gefallen. Zwinge dich und such'
Dich zu verstellen, denk', daß er mein Vater!
O leb' und laß bei allem meinen Unglück
Dir meine Liebe Nichts als Thränen kosten!

Monimia. So hab' ich ins Verderben dich gestürzt!

Xiphares. O edele Monimia, klage dich
Des Leids nicht an, das mich befällt. O nein,
Nicht deine Huld allein ist's, die mir schadet,
Ich bin ein Armer, den sein Mißgeschick
Verfolgt. Es hat mir meines Vaters Freundschaft
Geraubt und mir zum Nebenbuhler ihn
Gegeben, meine Mutter stachelte
Es zur Empörung an und weckt den Feind
In dieser bösen Stund', uns zu verrathen.

Monimia. Und wie, du kennst ihn noch nicht, diesen Feind?

Xiphares. Ach nein, und das vermehrt noch meine Qual.
O könnt' ich sein verräth'risch Herz durchbohren,
Bevor ich selber mich dem Tode weihe!

Monimia. Nun, Herr, so lern' ihn kennen, suche nicht
Ihn anderswo, als hier. Sieh her, Ich bin's.
Triff mich, laß keine Schonung walten. Ich
Hab' dies gethan, und mich mußt du bestrafen.

Xiphares. Du?

Monimia. Wüßtest du, wie grausam hinterlistig
Er meine Schwäche zu bethören wußte
Und Lieb' und Freundschaft für dich heuchelte,
Wie gern in dir er meinen Gatten sah!
Wer hätt' ihm nicht geglaubt? Doch nein, ich durfte
Dich nicht preisgeben seiner falschen Güte,
Und dreimal von der Gottheit selbst gewarnt . . . .
O wär' ich dieser Stimme stets gefolgt,
O hätt' ich es vermocht zu schweigen! Ach,
Warum hab' ich nicht ferner dich geschont! warum
Lehnt' ich des Königs tückisches Geschenk
Nicht ab! Und mögest du mir auch verzeihn,
Ich will mich selbst dafür bestrafen.

Xiphares. Wie,
Du selbst, die Liebe war's, o Fürstin, die
Mich in Gefahr gebracht? Entsprang mein Unglück
So schönem Grund? Der Liebe Uebermaß
Hat das Geheimniß unsrer Lieb' enthüllt,
Und du beklagst, daß du mich glücklich machtest?
Was wünscht' ich mehr! Jetzt sterb' ich treu und glücklich,
Dich aber ruft dein Schicksal auf den Thron.

Nicht länger, Fürstin, widersetze dich
Und schließ' den Bund, der dich zu ihm erhebt.

Monimia. Wie, dem Barbaren, deß verhaßte Liebe
Uns ewig trennt, ihm soll ich mich verbinden?

Xiphares. Bedenk', noch heute Morgen wolltest du
Dich fügen und mich niemals wiedersehn.

Monimia. Ach, kannt' ich seine ganze Grausamkeit?
Soll ich, indem ich seine Wuth beschön'ge,
Wenn ich, von seinem Stahl durchbohrt, dich sehe,
Dem wilden Gatten zum Altare folgen?
Soll meine Hand in seine legen, die
Noch von dem Blute des Geliebten raucht?
O flieh' und rette dich vor seinem Grimm!
Verliere nicht die Zeit, indem du mich
Zu überreden suchst. Mir wird ein Gott
Einflößen, was ich soll. O Himmel, wenn
Er jetzt uns überraschte! Horch, man kommt.
Geh', eil', entschließe dich zu leben, warte
Zum mindsten ab, was mir mein Schicksal bringt.

Dritter Auftritt

Monimia. Phödime.

Phödime. Wie war sein Leben in Gefahr, o Fürstin!
Der König ist's!

Monimia. Eil', hilf ihm, sich verbergen!
Verlaß ihn nicht! Daß er nicht eh'r sein Schicksal
Entscheid', als bis er von dem meinen hört!

Vierter Auftritt.

Mithridat. Monimia.

Mithridat. Auf, Fürstin, auf! Geheime Gründe drängen,
Mich rasch aus diesem Ort zurückzuziehn,
Dieweil, bereit zu folgen, meine Krieger
Zu Schiff' gehn und der Abfahrt harr'n. O komm,

Und möge am Altar ein ewig Band,
Wie ich's gelobt, uns aneinander knüpfen.

Monimia. Uns Beide, Herr?

Mithridat. Du wagst zu schwanken, Fürstin?

Monimia. Verbotest du mir nicht, daran zu denken?

Mithridat. Ich hatte damals meine Gründe, doch
Das sei vergessen. Jetzt, o Fürstin, sinne
Nur, wie du meiner Lieb' entsprechen magst;
Bedenk', daß du dein Herz mir schuldig bist

Monimia. Warum, o Herr, gabst du mir's denn zurück?

Mithridat. Wie, immer noch den undankbaren Sohn
Im Herzen? Glaubst du . . . .

Monimia. Herr, du hättest mich
Betrogen?

Mithridat. Ha, Verrätherin, ziemt dir's,
Also zu reden? Bargst du nicht im Herzen
Schon jene treuvergeßne Liebe? Als
Ich dich zum Gipfel hoher Ehr' erhob,
Ersannst du mir den schwärzesten Verrath;
Du Undankbare, die du feindlicher
Mir als die Römer bist, vergissest du,
Von welch erhabnem Rang ich niederstieg,
Um zu dem Thron, an den du nie gewagt
Zu denken, dich emporzuheben? Sieh
In mir nicht den Besiegten, den Verfolgten,
Den Sieger sieh in mir, den jeder fürchtet;
Bedenk', als ich in Ephesus dich liebte,
Wie ich aus hundert Königstöchtern dich
Herausgewählt, wie manches Bündniß ich
Um dich verschmäht und wie viel Staaten ich
Zu Füßen dir gelegt! Wenn damals schon
Dich unbesiegbar eine andre Neigung
Erfüllt' und gegen mich erkältete,
Warum denn schwiegst du, eh' hierher du kamst,
Und schobst das traurige Geständniß auf,
Bis mir das Schicksal Alles raubte
Und ich mich überall verlassen sah,

Du mir allein als Trost und Hoffnung bliebst?
Und jetzt, wo ich die Schmach vergessen will,
Und vor mir jenes düstre Bild verberge,
Wagst du Vergangenes zurückzurufen
Und mich, den du beleidigt, anzuklagen?
Ich sehe, daß um den Verräther dich
Ein thöricht Hoffen noch verblendet. Götter,
Zu welcher Prüfung habt ihr mich verdammt!
Welch ein geheimer Zauber bannt in mir
Den Zorn, der rasch und streng zu strafen weiß?
Benutz' den Augenblick, den meine Liebe
Dir jetzt noch gönnt. Komm, ich befehle dir's
Zum letzten Mal. Dem frevelhaften Sohn
Zu Lieb' stürz' dich nicht unnütz in Gefahr.
Du wirst ihn niemals wiedersehn und ohne
Mit einer Neigung, welche mir du schuldest,
Dich noch zu schmücken, laß aus dem Gedächtniß
Ihn schwinden, wie er deinem Aug' entschwindet.
Und jetzt erkenne meine Güt' und sorge,
Daß du dich des Verzeihens würdig machst.

Monimia. Wohl weiß ich, welche Dankbarkeit, o Herr,
Mich zum Gehorsam gegen dich verpflichtet.
Wie hoch auch meiner Ahnen Rang einst war,
Ihr Ruhm aus solcher Fern' besticht mich nicht,
Und ich erkenn' es, wie ich durch Geburt
Weit unter einem solchen Hymen stehe.
Und trotz der Neigung, trotz den ersten Wünschen
Für einen Sohn, nach dir dem Größesten
Der Sterblichen, entsagt' ich, Herr, sobald
Um meine Stirn dies Diadem sich wob,
Ihm und auch mir. Gemeinsam hatten wir
Beschlossen, uns zu opfern. Meinem Wink
Gehorsam eilt' er, fern mich zu vergessen;
Der Liebe Glut erlosch beinah im Dunkel
Des Schweigens, selbst mein Loos erschien mir nicht
Beklagenswerth, denn mußt' ich süß're Wünsche
Auch opfern, doch beglückt' ich einen Helden
Wie du. Du selbst, o Herr, hast vom Gehorsam
Mich losgelöst. Die unglücksel'ge Neigung,
Die schon besiegt war, deren Glut erlosch,
Weil er sich meinem Blick entzog, du hast

Durch List sie aufgedeckt und zum Geständniß
Mich überredet. Leugnen werd' ich nicht,
Wenn du es auch vergessen könntest. Mir
Bleibt diese Schmach, zu der du mich gezwungen,
Auf immerdar im Geiste gegenwärtig.
Stets werd' ich denken, daß du mir nicht traust;
Das Grab, o Herr, ist mir so schrecklich nicht,
Als eines Gatten Bett, der mich betrog,
Der ew'gen Kummer mir bereitete
Und mich erröthen ließ ob einer Glut,
Die ihm nicht galt.

Mithridat. Ist das dein letztes Wort?
Die Ehre, die ich dir bestimmt, verschmähst du?
Bedenk' es wohl! Ich wart', um zu beschließen.

Monimia. Vergebens suchst du, Herr, mich zu betäuben.
Ich kenne dich und weiß, was zu erwarten,
Welch Unheil ich herabzieh' auf mein Haupt;
Doch mein Entschluß steht fest, es wird ihn Nichts
Erschüttern, siehst du doch, wie ich zu sprechen
Und die Bescheidenheit, die ich bis jetzt gewahrt,
Zu übertreten wage. Du hast meiner Hand,
Der unheilvollen, dich bedient, um in
Des eignen Sohnes Brust den Dolch zu stoßen;
An dem Geheimniß unschuldvoller Liebe
Hast du mich zur Verrätherin gemacht.
Verlör' er drob auch nur des Vaters Neigung,
Er stirbt daran, Herr; nie wird meine Liebe
Der Preis so listig grausamen Betrugs.
Jetzt richte über die Empörerin
Und brauche alle Macht, die man dir gab,
Ich harre deines Spruchs. Befiehl nur, Herr,
Nur bitt' ich Eins, indem ich dich verlasse:
Glaub', denn der Tugend schuld' ich dies Geständniß,
Mitschuld'ge hatt' ich nicht, ich war's allein,
Die dich verrieth. Dein Wunsch, er wär' erfüllt,
Hätt' ich, Herr, deines Sohnes Wunsch befolgt.

Fünfter Auftritt.

Mithridat. Sie geht, und ich durch feiges Schweigen scheine
Die Keckheit ihres Gehns zu billigen.
Das fehlte noch, daß ich aus Herzensschwäche
Mich ob zu großer Grausamkeit verklagte!
Wer bin ich denn? Ist das Monimia
Und bin ich Mithridat? Nein, nein, Nichts mehr
Von Lieben und Verzeihn. Mein Ingrimm kehrt
Zurück, und ich erkenne mich aufs Neu'.
Mit Einem Schlag will ich drei Undankbare
Im Scheiden opfern. Rom ist jetzt mein Ziel,
Durch solche Opfer will ich meinem Haß
Die Götter günstig stimmen, denn ich muß,
Ich kann's; sie haben keine Stütze mehr,
Die schlimmsten der Empörer sind schon fern
Vom Land. Ich will ohn' Unterschied im Lieben
Und Hassen gleich mit Xiphares beginnen.
Doch welche Wuth packt mich! Was sprach ich da?
Ich will, Unglücklicher, wen will ich opfern?
Den Sohn, vor dem Rom zittert, der vielleicht
Den Vater rächt? Warum ein Blut vergießen,
Deß ich noch einst bedürftig bin? Hat denn
Bei meinem Sturz das Schicksal mir zu viel
Der Freunde noch gelassen? Besser wär's,
Ich suchte seine Liebe zu gewinnen.
Des Rächers, der Geliebten nicht, bedarf ich.
Ist's da nicht besser, da ich ihrer doch
Entbehren muß, daß ich dem Sohn sie lasse,
Den ich mir aufbewahren will? Es sei,
Er nehme sie. O eiteles Bemühn!
Ich fühle nur, wie schwach mein Herz, das sich
Umsonst zu täuschen sucht. Ich glüh' für sie,
Ich lieb' und, weit entfernt sie zu verbannen . . . .
Doch das ist ein Verbrechen auch, das sie
Mir büßen soll. Zu lang schon war mein Ruhm
Gebannt in Liebesfesseln. Möge sie
Allein denn untergehn, jedoch mein Sohn
Begleite mich. Ein wenig Festigkeit,
Mit der ich ihr Verweigern strafe, wird
Mich von der Furcht vor ihr befrein. Warum
Hält noch das Mitleid mich zurück? Bestraft'

Ich nicht geringere Verbrechen schon?
Monimia! Mein Sohn! Unnützer Zorn,
Wie würdet ihr, o Römer, triumphiren,
Erführt ihr meine Schmach und wüßtet ihr,
Wie feig mein Herz im Liebeskampf sich windet!
Hab' ich nicht längst, Verrath von theurer Hand
Befürchtend, gegen jedes Giftes Wirkung
Zu schützen mich gesucht und selbst die Kraft
Des tödtlichsten durch Müh' und Kunst geschwächt?
Ach, klüger wär's und glücklicher für mich,
Hätt' ich mich vor der Liebe Gift geschützt
Im Herzen, das vom Eis des Alters schon
Erstarrt. Wie soll ich diesem Wirrsaal, ach, entgehn!

Sechster Auftritt.

Mithridat. Arbates.

Arbates. Herr, deine Truppen alle weigern sich
Davonzuziehn. Pharnazes hält sie hier
Zurück und theilet ihnen mit, daß du
Nach Rom zu neuen Kämpfen ziehst.

Mithridat. Pharnazes?

Arbates. Zuerst verführt' er seine eignen Wachen,
Und selbst die Kühnsten schreckt der Name Roms,
Sie träumen nur von schrecklichen Gefahren;
Die Einen klammern ängstlich sich ans Ufer,
Die Andern, die schon auf der Abfahrt waren,
Ringen sich in den Fluten oder halten
Dem Schiffsvolk drohend ihre Speer' entgegen.
Verwirrung überall, sie hören nicht,
Sie schrein nach Frieden, wollen sich ergeben;
Pharnazes führt sie an, er schmeichelt ihnen,
Und schon im Namen Roms verspricht er ihnen
Den Frieden.

Mithridat. Ha, Verräther! Eilt. Man rufe
Mir seinen Bruder, daß er schleunigst mir
Zu Hülfe komme!

Arbates. Was er vorhat, Herr,
Vermag ich nicht zu sagen, aber plötzlich
Eilt' er wie außer sich dem Hafen zu.
Man sagt, daß er mit einem Trupp Getreuer
Sich mitten in die Meutrerschaar begab.
Das ist's, was ich erfuhr.

Mithridat. Ha, was vernehm' ich!
Ihr Schurken, meine Rache hat zu lang
Gezaudert. Doch ich fürcht' euch nicht. Die Meutrer,
Wie frech sie sind, vermögen doch mein Antlitz
Nicht zu ertragen. Sehn nur will ich sie,
Ich will mit eigner Hand vor ihren Augen
Hinopfern meine frevelhaften Söhne.

Siebenter Auftritt.

Mithridat. Arbates. Arcas.

Arcas. Herr, Alles ist verloren! Rings umzingeln
Pharnazes, die Rebellen und die Römer
Schon diesen Platz.

Mithridat. Die Römer!

Arcas. Rings mit Römern
Ist schon der Strand bedeckt, und bald bist du
In dieser Mauern Ring belagert.

Mithridat*(zu Arcas).* Götter!
Eil'. Höre, Arcas . . . . Ungetreue Fürstin,
Du wahrlich sollst dich nicht des Unglücks freun,
Das jetzt von allen Seiten mich bedrängt.

Fünfter Aufzug.

Erster Auftritt.

Monimia. Phödime. Dienerinnen.

Phödime. Wohin! Welch blinde Leidenschaft, o Fürstin,
Treibt dich zum Frevel an dem eignen Leben!
Wie hast du aus dem heil'gen Diadem
Ein schreckerregend Band gemacht! Die Götter,
Du siehst es, haben, menschlicher gesinnt,
In deiner Hand die Binde selbst zerrissen.

Monimia. Mit welcher Wuth folgst du mir nach und willst
Das Leben wider meinen Willen mir
Erhalten? Xiphares ist todt. Der König
Sieht selbst verzweiflungsvoll den sichren Tod
Vor Augen. Welche Frucht versprichst du dir
Davon? Denkst du mich auszuliefern an
Pharnazes?

Phödime. Warte doch, bis sichre Kunde
Dir seines unglücksel'gen Bruders Tod
Bestätigt. Alles ist ja in Verwirrung,
Wie leicht ist's möglich, daß man da sich täuschte.
Zuerst, du weißt es ja, ließ ein Gerücht
Ihn in der Meutrer Reihn erscheinen, jetzt
Sagt man, daß die Empörer gegen ihn
Sich kehrten. Nun urtheile selbst und höre
Doch erst, o Herrin.

Monimia. Xiphares ist todt,
Kein Zweifel! Was geschah, bestätigt nur
Des Herzens bange Ahnung, wär' auch nicht
Die blut'ge Nachricht. Er ist todt, dafür
Bürgt mir sein Muth und auch sein Name, der
Den Römern so verdächtig. Ha, wie werden
Sie, die nach diesem edlen Blut so lang'
Gelechzt, jetzt triumphiren! Welch ein Feind
Bedrohte sie in diesem Helden! Aber ich,
Die Unglücksel'ge, such' mich zu entschuld'gen.
Ist's denn nicht klar, daß ich für ihn die Quelle
Von allem Unheil war? Wie hatt' ich ihn

Mit Mördern rings umstellt! Nie wäre er
Den Dolchen all' entwischt! Es war umsonst,
Daß er die Römer und den Bruder mied,
Gab ich ihn seines eig'nen Vaters Wuth
Doch preis! Ich war's, die Beider Eifersucht
Erweckt' und jene Flamm' entzündete,
Die jetzo Alles zu verzehren droht.
Ich bin der Zwietracht Fackel, bin die Furie,
Die Roma's Dämon nährte und erzog,
Und lebe noch und harre, bis Pharnazes,
Mit ihrem Blut befleckt, begleitet von
Den Römern kommt und seine Lust am Morden
Vor meinem Aug' entfaltet. Ja, Verzweiflung
Kennt viele Wege, die zum Tode führen!
(Zu den Dienerinnen)
Grausame, ihr versperrt durch eure Hülfe
Vergeblich mir den nächsten Weg zum Tod,
Ich find' ihn, wär' es auch in euren Armen!
Fort, unheilvolles Diadem, du Zeuge
Und Werkzeug aller meiner Qualen, Binde,
Die tausendmal mein Aug' mit Thränen netzte!
Warum hast du mir nicht den Dienst geleistet,
Das Leben und den Schmerz zugleich zu enden?
Fort, zeige dich nicht länger meinen Blicken!
Mir werden andre Waffen dienstbar sein.
Den Tag verfluch' ich und die Mörderhand,
Die dich zuerst um meine Stirne wob.

Phödime. Man kommt, Gebiet'rin; Arcas ist's. Ich hoffe,
Er naht, um deine Aengste zu zerstreun.

Zweiter Auftritt.

Monimia. Arcas. Phödime.

Monimia. Sprich, Arcas, ist's geschehen? Hat Pharnazes . . . .

Arcas. Frag' mich darum nicht, Fürstin, was sich dort
Begab. Mir ward ein schlimmres Amt zu Theil,
Das Gift verkündet dir des Königs Willen.

Phödime. O unglücksel'ge Fürstin!

Monimia. Arcas, gieb!
　　O Wonne! Sag' dem König, der es sandte,
　　Daß von den Gaben allen, die er mir
　　Verlieh, ich hier die theuerste empfange.
　　Nun athm' ich auf, und nun zum ersten Male
　　Bin ich die Herrin meiner selbst und darf
　　Mein Loos nach eignem Wunsch mir wählen.

Phödime. Ach! ach!

Monimia. Halt' ein und durch unwürd'ge Thränen
　　Stör' nicht die Wonne dieses Augenblicks!
　　Du konntest mich beklagen, als man mich
　　Mit jenem unheilvollen Titel ehrte,
　　Als man mich fortriß aus dem schönen Hellas
　　Und hierher führte ins Barbarenland;
　　Jetzt kehre heim zu der glücksel'gen Küste,
　　Und wenn man meinen Namen dort noch kennt,
　　So sag', was du hier sahest, und verkünde
　　Die Unglücksmär von meinem Königsglanz.
　　Du aber, den ein neidisches Geschick
　　Von einem Herzen riß, das dir gehörte,
　　O Held, mit dem ich selbst nicht hoffen darf
　　Durch ein gemeinsam Grab vereint zu werden,
　　Empfange dieses Opfer! Könnte doch
　　Dies Gift die Sühne deines Todes sein!

Dritter Auftritt.

Monimia. Arbates. Arcas. Phödime.

Arbates. Halt' ein! Halt' ein!

Arcas. Arbates, was beginnst du?

Arbates. Halt' ein! Es ist der Wille Mithridats.

Monimia. O lasse mich!

Arbates Nein, nein, du darfst es nicht!
　　Gebieterin, ich muß des Königs Willen
　　Vollziehn. Entschließe dich zu leben! Arcas,
　　Eil', melde Mithridat, daß mir's gelang.

Vierter Auftritt.

Monimia. Arbates. Phödime.

Monimia. Grausamer, was beginnest du mit mir?
Ist euch, was ich erdulde, nicht genug?
Verlangt der König, der mir dieses sandte,
Der mir so raschen Tod mißgönnet, daß
Für seinen Haß ich zweimal sterben soll?

Arbates. Gleich wird er hier sein, und ich bin gewiß,
Du selbst wirst ihn mit mir beweinen.

Monimia. Wie?
Der König . . . .

Arbates. Naht sich seiner letzten Stunde.
Ihm strahlt nur noch des Lichtes letzter Schimmer;
Ich ließ ihn blutend seinen Kriegern, die
Ihn trugen. Weinend schritt ihm Xiphares
Zur Seite.

Monimia. Xiphares? O große Götter!
Wie, wach' ich? Meinem Ohre wag' ich kaum
Zu glauben, was ich höre, Xiphares,
Er lebt noch? Xiphares, den meine Thränen . . . .

Arbates. Er lebt, mit Ruhm bedeckt, in Schmerz versunken.
Nicht dich allein hat seines Todes Kunde
Erschreckt; die Römer, welche überall
Sie zu verbreiten suchten, warfen Schrecken
In Aller Herz; der König selber ward getäuscht
Und weint' um ihn. Von nun an sah er klar
Sein Loos voraus. Vom meuterischen Sohn
Ringsum bedrängt, auf keine Hülfe hoffend,
Darauf gefaßt, daß seine Reihen wichen,
Erblickte er, von Schreck und Wuth ergriffen,
Die Adler Roms inmitten seiner Fahnen.
Da war sein Sinnen nur darauf gerichtet,
Wie er den Weg sich bahnte und der Schmach
Entgehen könnt', in ihre Hand zu fallen.
Zuerst versucht' er's mit dem Gifte, das
Er für das stärkste hielt, doch blieb es fruchtlos.

O eitle Hülfe, rief er aus, die ich zu oft
Bekämpfte! Als ich gegen alle Gifte
Mich zu bewahren suchte, hab' ich, ach,
Die Frucht verloren, die vom Gift ich hoffte!
Ein beßres Mittel such' ich jetzt, den Tod,
Der jenen Römern soll verderblich sein!
Er sprach's und bietet Trotz den mächt'gen Schaaren
Und läßt die Thore des Palasts weit öffnen.
Beim Anblick dieser edlen Stirn, die oft
In ihren Reihen Schreck verbreitete,
Wie wichen sie auf einmal da zurück,
Das Feld freilassend zwischen uns und ihnen,
Und zu den Schiffen, die sie hergebracht,
Flohn Ein'ge schon erschreckt zurück. Doch, ach,
Kaum wag' ich's zu erzählen, vom Pharnazes
Gespornt, rief das Bewußtsein ihrer Schande
Aufs Neu' den alten Muth hervor: sie kommen
Zurück und greifen jetzt den König an,
Den eine kleine Schaar mit mir beschützte.
Doch wie soll ich das Unerhörte malen?
Wie hieb er drein, wie glühten seine Blicke,
Wie hat sein Arm zum letzten Male kämpfend
Mit Wunderthat den Heldenlauf beschlossen!
Und endlich, müde, staub- und blutbedeckt,
War er von einem Leichendamm umringt.
Da schreitet gegen uns heran ein andrer Trupp,
Die Römer weichen, um zu ihm zu stoßen,
Damit dann beide Mithridat zermalmen!
Er aber sprach: Es ist genug, Arbates,
Mordlust und Wuth trieb mich zu weit voran,
Sie sollen Mithridat nicht lebend haben,
Und in den Busen stößt er sich das Schwert.
Noch aber flieht der Tod die große Seele,
Und blutend fällt der Held in meine Arme,
Er grollte ob des Sterbens Langsamkeit
Und klagte, daß das Leben ihn noch halte;
Er hob die schwere Hand langsam empor,
Und auf die Stelle deutend, wo das Herz
Noch schlug, schien er um einen sichern Stoß
Mich anzuflehn, dieweil ich selbst verzweifelnd
Den eignen Busen zu durchbohren dachte.
Da macht' ein lauter Schrei mich plötzlich stutzen.

Ich sah, o Wunder, wie Pharnazes
Mit seinen Römern rings geschlagen wurde,
Wie sie, besiegt und überwältigt, sich
In Hast auf ihre Schiffe flüchteten;
Der Sieger, der sie warf, zog jetzt heran,
Und Xiphares erschien vor meinem Blick.

Monimia. O Götter!

Arbates. Xiphares war treu geblieben.
Ihn hatt' inmitten des Gefechts ein Trupp
Aufständischer nach dem Befehl des Bruders
Umzingelt, doch er wußte ihrem Arm
Sich zu entwinden, hieb die Frechsten nieder
Und schlug sich zu den Seinen durch. Er bahnte,
Von Stolz und Freude strahlend, einen Weg
Durch tausend Leichen sich zu seinem Vater,
Grad' im verhängnißvollsten Augenblick.
Doch welch ein Schrecken folgt' auf solche Freude!
Schon hebt er seinen Arm, um zu den Füßen
Des Königs sich zu tödten, da eilt man
Herbei und kommt der raschen That zuvor.
Der König blickt mit mattem Aug' auf mich
Und spricht mit einer halberloschnen Stimme:
Ist's Zeit noch, eil', die Königin zu retten!
Dies Wort ließ mich für Xiphares und dich
Erzittern. Argwohn sagte mir, es sei
Geheim ein tödtlicher Befehl gegeben.
Wie müd' ich war, es gaben Schreck und Eifer
Mir plötzlich neue Kraft, hierher zu eilen,
Und glücklich fühl' ich mich in unsrem Unglück,
Daß ich dem Schlag zuvorgekommen bin,
Der Beide euch bedrohte!

Monimia. Tief bewegt
Bei solchem Schicksal, solchem Schrecken klag' ich,
Ach, um des großen Königs Loos! O Götter,
Hätt' ich doch nie dazu die Hand geliehn!
Könnt' ich als bloße Zeugin ohne Schuld
Dem großen Unglück meine Thränen weihn!
Er kommt. Welch neuen Sturm erregt im Herzen
Das Blut des Vaters und des Sohnes Thränen!

Letzter Auftritt.

Mithridat. Xiphares. Monimia. Arbates. Arcas.
Phödime. Garden, die den Mithridat stützen.

Monimia. Was seh' ich, Herr! Ach, welch ein Loos ward dir!

Mithridat. O weinet nicht, nein, trocknet eure Thränen,
(Auf Xiphares zeigend)
Von seiner Lieb' und ihrer Freundschaft heischt
Mein Schicksal Anderes, als Mitleid, denn
Mein Ruhm ist würdig der Bewunderung.
Die Welt hab' ich gerächt, so viel ich konnte,
Und nur der Tod hat meinen Plan zerstört.
Ein Feind der Römer und der Tyrannei
Blieb ich verschont mit ihres Joches Schmach,
Und schmeicheln darf ich mir, daß unter Allen,
Die Römerhaß berühmt gemacht, nicht Einer
Je theuerer den Sieg an sie verkaufte,
Noch ihnen alle Blätter der Geschichte
Mit gleicher Zahl von schwarzen Tagen füllte.
Das Schicksal hat es nicht gewollt, daß Rom
In Flammenglut getaucht mich sterben sah,
Doch Eine Freude tröstet mich: ich sterbe
Von Feinden, die ich opferte, umringt.
In ihr verhaßtes Blut taucht' ich die Hand,
Und daß sie flohen, sah mein letzter Blick.
Dir, Xiphares, verdank' ich diese Freude.
Du spartest ihren Anblick meinem Tode,
Warum, ach, kann ich mit dem Herrlichsten,
Was je mein Thron besaß, dir diesen Dienst
Nicht lohnen? Du allein, o Fürstin, bliebst mir,
Und du ersetzest Krone mir und Reich;
Gestatte, daß ich dich dem Sohne gebe,
Und Alles, was ich je von dir gefordert.
Ich fleh' dich darum an, o weih' es ihm!

Monimia. Nein, lebe, lebe für das Heil der Welt
Und für die Freiheit, der du Stütze bist!
Leb', um an deinen Feinden dich zu rächen!

Mithridat. Es ist vorbei, ich habe ausgelebt.
Denk' nun an dich, mein Sohn, und glaube nicht,

Daß du dem Feind zu widerstehn vermagst.
Die Römer werden, ob der Schmach ergrimmt,
Sich bald von allen Seiten auf dich stürzen.
Verliere nicht die Zeit, die ihre Flucht
Dir läßt, um mir ein Grabmal zu erbaun;
Deß brauch' ich nicht, und ich erlass' es dir.
Die Schaar, die rings umher den Boden deckt,
Sie ehret meine Asche schon genug.
Verbirg vor ihnen dich und deinen Namen,
Geh' und bewahr' dich für die Zukunft auf!

Xiphares. Ich fliehn, o Herr . . . . Pharnazes ungestraft? . . . .
Die triumphir'nden Römer sollen bald . . . .

Mithridat. Nein, ich verbiete dir's, denn den Pharnazes
Erreicht sein Schicksal einst, sei's früh, sei's spät;
Ihn zu bestrafen überlaß den Römern.
Doch meine Kraft erlischt, der Geist entflieht.
Ich fühl's, ich sterbe. Komm heran, mein Sohn!
In diesem Kusse, der so wohl mir thut,
Empfang' die Seele Mithridats.

Monimia. Er stirbt!

Xiphares. Laß uns, o Fürstin, unsre Trauer einen
Und rings im Erdkreis ihm die Rächer suchen.

———————————

Über tradition

Eigenes Buch veröffentlichen

tradition wurde 2006 in Hamburg gegründet und hat seither mehrere tausend Buchtitel veröffentlicht. Autoren veröffentlichen in wenigen leichten Schritten gedruckte Bücher, e-Books und audio-Books. tradition hat das Ziel, die beste und fairste Veröffentlichungsmöglichkeit für Autoren zu bieten.

tradition wurde mit der Erkenntnis gegründet, dass nur etwa jedes 200. bei Verlagen eingereichte Manuskript veröffentlicht wird. Dabei hat jedes Buch seinen Markt, also seine Leser. tradition sorgt dafür, dass für jedes Buch die Leserschaft auch erreicht wird.

Im einzigartigen Literatur-Netzwerk von tradition bieten zahlreiche Literatur-Partner (das sind Lektoren, Übersetzer, Hörbuchsprecher und Illustratoren) ihre Dienstleistung an, um Manuskripte zu verbessern oder die Vielfalt zu erhöhen. Autoren vereinbaren direkt mit den Literatur-Partnern die Konditionen ihrer Zusammenarbeit und partizipieren gemeinsam am Erfolg des Buches.

Das gesamte Verlagsprogramm von tradition ist bei allen stationären Buchhandlungen und Online-Buchhändlern wie z. B. Amazon erhältlich. e-Books stehen bei den führenden Online-Portalen (z. B. iBookstore von Apple oder Kindle von Amazon) zum Verkauf.

Einfach leicht ein Buch veröffentlichen: **www.tredition.de**

Eigene Buchreihe oder eigenen Verlag gründen

Seit 2009 bietet tredition sein Verlagskonzept auch als sogenanntes "White-Label" an. Das bedeutet, dass andere Unternehmen, Institutionen und Personen risikofrei und unkompliziert selbst zum Herausgeber von Büchern und Buchreihen unter eigener Marke werden können. tredition übernimmt dabei das komplette Herstellungs- und Distributionsrisiko.

Zahlreiche Zeitschriften-, Zeitungs- und Buchverlage, Universitäten, Forschungseinrichtungen u.v.m. nutzen diese Dienstleistung von tredition, um unter eigener Marke ohne Risiko Bücher zu verlegen.

Alle Informationen im Internet: **www.tredition.de/fuer-verlage**

tredition wurde mit mehreren Innovationspreisen ausgezeichnet, u. a. mit dem Webfuture Award und dem Innovationspreis der Buch Digitale.

tredition ist Mitglied im Börsenverein des Deutschen Buchhandels.

Dieses Werk elektronisch lesen

Dieses Werk ist Teil der Gutenberg-DE Edition DVD. Diese enthält das komplette Archiv des Projekt Gutenberg-DE. Die DVD ist im Internet erhältlich auf **http://gutenbergshop.abc.de**

FSC
www.fsc.org
MIX
Papier | Fördert
gute Waldnutzung
FSC® C083411

Zeitfracht Medien GmbH
Ferdinand-Jühlke-Straße 7
99095 Erfurt, Deutschland
produktsicherheit@kolibri360.de